まいまいつぶろ

御庭番耳目抄《おにわばんじもくしょう》

村木嵐

Ran Muraki

幻冬舎

まいまいつぶろ　御庭番耳目抄

目次

人物相関図

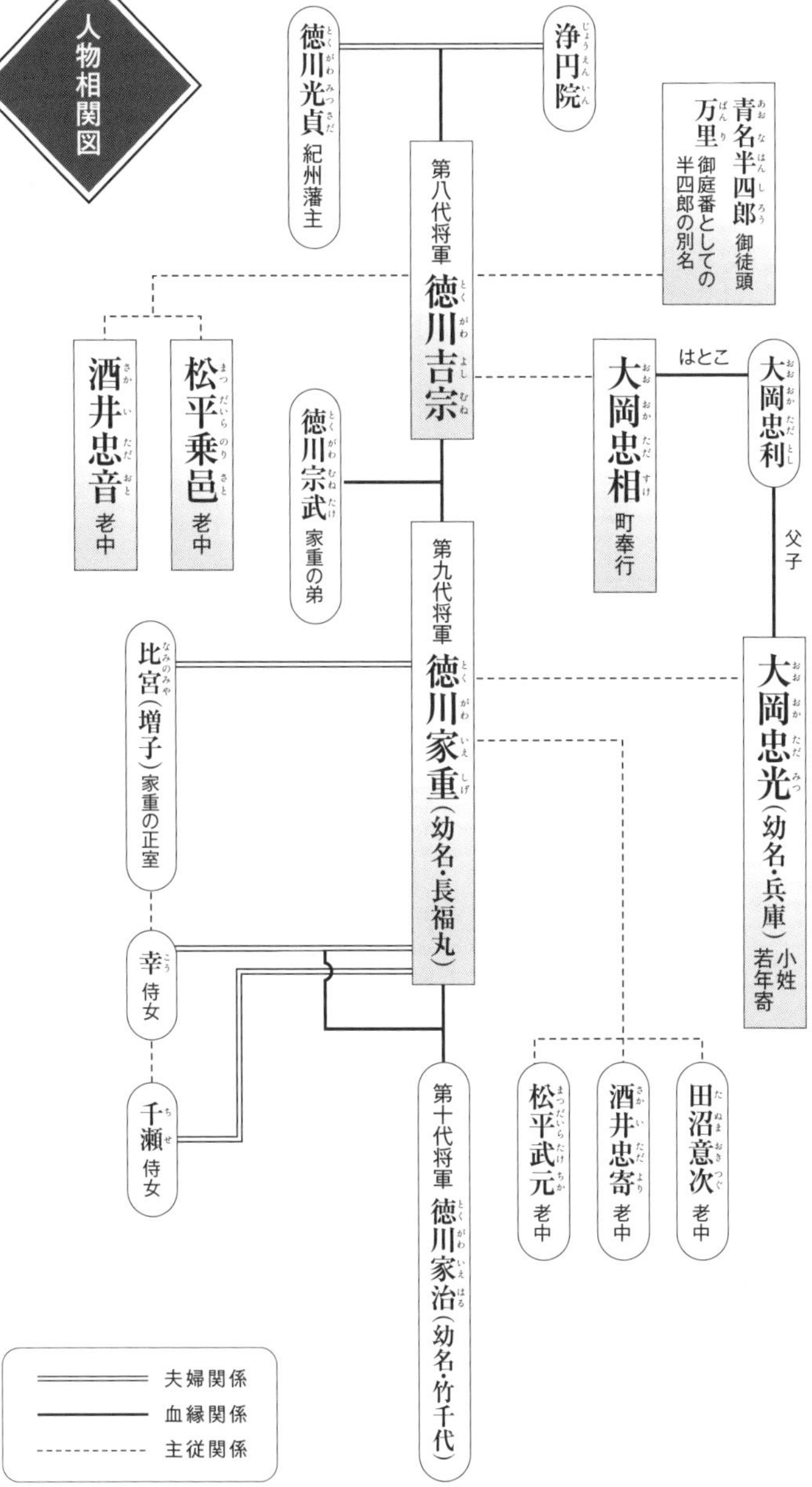
浄円院《じょうえんいん》
徳川光貞《とくがわみつさだ》 紀州藩主
青名半四郎《あおなはんしろう》 御徒頭
万里《ばんり》 御庭番としての半四郎の別名
第八代将軍 徳川吉宗《とくがわよしむね》
松平乗邑《まつだいらのりさと》 老中
酒井忠音《さかいただおと》 老中
大岡忠相《おおおかただすけ》 町奉行
はとこ
大岡忠利《おおおかただとし》
父子
徳川宗武《とくがわむねたけ》 家重の弟
第九代将軍 徳川家重《とくがわいえしげ》（幼名・長福丸）
大岡忠光《おおおかただみつ》（幼名・兵庫） 小姓 若年寄
比宮《なみのみや》（増子） 家重の正室
幸《こう》 侍女
千瀬《ちせ》 侍女
第十代将軍 徳川家治《とくがわいえはる》（幼名・竹千代）
松平武元《まつだいらたけちか》 老中
酒井忠寄《さかいただより》 老中
田沼意次《たぬまおきつぐ》 老中
夫婦関係
血縁関係
主従関係

将軍の母

一

和歌山城を出て半月近くも輿に揺られ、浄円院《じょうえんいん》はついに明日、品川宿へ入ることになっていた。

浄円院は八代将軍、徳川吉宗《とくがわよしむね》の生母である。吉宗はおととし将軍職に就き、紀州藩主として参勤で江戸へ向かう立場から、生涯を江戸城で暮らす身分になった。そのため浄円院も六十半ばという齢で江戸へ移ることになったのである。

数百という大げさな供を連れて旅をしてきたが、明日はそこに江戸城からの使者まで加わるという。仰々しい儀式の数々にはさぞうんざりさせられるだろうが、それさえ済ませば念願の孫たちに会うことができる。

暦はまだ花冷えもする時節だが、浄円院は障子をすべて開けて手を叩いた。

すぐに姿を見せた侍女に御徒頭《おかちがしら》の青名半四郎《あおなはんしろう》を呼ぶように申しつけた。吉宗が格別に、道中なんなりと尋ねるようにと伝えてきた侍である。

「お待たせをいたしました」

半四郎が濡れ縁の角にかしこまると、浄円院は手招きをした。

歳は吉宗の十年下だと聞いたから、二十歳過ぎといったところだろうか。小柄で細身のわりに足腰に撥条《ばね》があるのはこの旅でよく分かった。そのせいかどことなく人柄まで伸び伸びしているようで、浄円院は好ましく思っていた。

「疲れておるところをすまぬ。結局、道中ではさして話すこともできなんだ。そろそろ御城のことなど聞いておかねばならぬと思いましてな」

百姓の家に生まれた浄円院はいまだに典雅な言葉が使えない。足をはやばやと崩してしまうと、半四郎にももう少しそばへ来いと隣を指し示した。

半四郎はぱっと破顔して素直に浄円院の傍らに座り直した。

「そなた、つねは御城で何をしておりますのじゃ」

「は、それがしなど、浄円院様の御耳に入れるようなことは何一つ」

浄円院がそのままにこやかに見つめていると、半四郎も苦笑して話し始めた。

「日常は御城御玄関の廊下に詰め、上様が御城を出られます折には先駆けて護衛つかまつります」

「ああ。江戸城には九十からの門があるとやら。その御玄関とは大したものじゃ」

「は、勿体ない仰せにございます」

半四郎が折り目正しく手をついたので、浄円院は堅苦しいのは苦手じゃと言って胡座《あぐら》を組んだ。

実は浄円院はいよいよ江戸城に入るというので、さすがに緊張していた。初めて孫に会えるというのにその喜びも消えかかるほどで、今からでも紀伊へ逃げ帰りたかった。

一体いつどこからこうなったのかと、ついため息が漏れる。己などが江戸城に住まうとは、皆で寄ってたかって年寄りを騙しているのではないか。目の前で微笑んでいるこの半四郎も、後ろに回ればふさふさした狐の尾が出ているのかもしれない。

「千代田の御城は、山のごとくに大きいと聞いたのじゃが」

「はあ。月もすっぽり隠すほどにございます」

浄円院はしゅんと頭を垂れた。

今でこそ浄円院は周りからも敬われ、大勢にかしずかれて暮らしているが、もとは江戸など生涯この目で見るはずもない紀伊の鄙《ひな》の生まれだった。

ところが先代紀州公が鷹狩りを好んだために山里へたびたび御出ましがあり、鄙では多少目立つ容貌をしていた浄円院は城へ召し出されることになった。そうして授かったのが吉宗である。

とはいえ吉宗など、上に幾人も兄がいた。一人、二人と兄たちは病でみまかったが、まさか吉宗に紀州藩主のお鉢が回ってくるとは考えてみたこともなかった。

「吉宗はのう。どういう巡り合わせか、二十歳ばかりで藩主になあ。それだけでも儂はたまげて、腰を抜かしかけとったものじゃ」

「それが今や紀州どころか、天下の八代様におなりあそばしましたか」

半四郎は悪戯《いたずら》っぽく笑って顔を突き出してきた。

この気兼ねのなさは良い。浄円院も指先の震えが止んできた。

「彼奴《あやつ》は自ら将軍になったゆえ勝手じゃが、周りは大迷惑をしておりますのじゃ」

「しかし、事の初めは浄円院様なのでございますから」

浄円院が紀州公の側室になったとき、父をはじめとする係累は武士に取り立てられた。それが此度《こたび》は浄円院の弟二人も新たに幕臣となり、将軍の御側衆とやらに任じられるという。

弟たちは浄円院とともに街道を下ってきたが、どちらも身の引き締まるのを通り越して、ほとんど気を病んでいた。この行列の中で唯一うなだれている者といえば、他ならぬ将軍の母と叔父だった。

「儂の父御は村一番の力自慢であった。背丈よりも長い鍬《くわ》をふるうて、日に七畝も田を耕されたものじゃ」

御城が恐ろしいからだろう、浄円院は遠い昔の、里のことばかりを思い出した。

「それはまた、さすがにございます。さすれば上様のあの百人力のお働きぶりは、そのお血筋にございますか」

「ふむ。半四郎はどうやっても儂を怖がらせたいようじゃ」

「そのようなつもりはございませぬ。ですが、それがしも実は武士の生まれではございませぬゆえ」

「おや、それは真か。ならば半四郎も百姓かの」

「いいえ。それがしの父は、青菜を商う振り売りにございました。それゆえ青名という姓を頂戴いたしました」

なんとも風通しのよさそうな、爽快な笑みを浮かべて言った。吉宗がこの男を気に入るわけが、浄円院には分かるような気がした。

己でもいいかげん観念せよと思うのだが、浄円院はどうにも土を離れた暮らしが板につかなかった。吉宗の歳のぶん、和歌山城に入ってもう三十五年にもなるのだが、いまだに武士というのは得体の知れぬ、なにか別の生き物のように思えた。

「この半四郎、幼い時分はいつか飛脚になろうと思い定めておりました。ですが上様が侍にしてくださいましたので」

「なんとなあ。飛脚のほうが面白そうじゃがの。風を切って走っておれば、憂さも晴れる」

浄円院は半四郎が町を駆け抜けて行くさまを思い浮かべた。江戸城がいくら大きいといっても、飛脚はその二本の足でもっとずっと遠くへ行くことができる。

「他の御方ならば、それがしもそうしておったかもしれませぬ。ですが上様は格別の御方でございましたゆえ」

「そうか。半四郎は彼奴を見込んでくれたか。忝《かたじけな》いことじゃ」

浄円院が頭を下げると、さすがに半四郎は困ったように目を逸らした。

「それでそなた、長福丸《ながとみまる》たちには会うたことがあるかえ」

江戸城で暮らす吉宗の子らだ。誕生したのは、まだ吉宗が将軍になる前だった。

「はあ。上様がまだ紀州藩邸におわします時分に」

半四郎はきまり悪そうに、幼いときの姿しか知らぬと言った。

吉宗には男子が二人あり、嫡男が八歳になる長福丸、二男が四歳の小次郎丸《こじろうまる》だった。むろん二人とも江戸を出たことがないので、祖母とはいえ浄円院はこの手で触れたこともない。

だが話ならばすでに紀州にも存分に伝わっていた。だから半四郎のこの様子からすると、浄円院が耳にした風聞は真実なのだろう。

次の将軍を継ぐべき長福丸には、半身に麻痺がある。たいそうな難産だったそうで、そのときの障りで口は動かすことができず、手は震えて筆も握れぬという。

そのため長福丸は己の考えを伝えることも、侍女に指図することもできない。こちらの言葉を解しているかどうかも分からず、最近になってようやく、それはできるらしいと疑いが晴れてきた。

「申し上げるも畏れ多いことながら、長福丸様は御誕生の折に尿袋《ゆばりぶくろ》が裂けたため、どうにも尿を堪えることがおできになりませぬ。それゆえ謁見で長くお座りになられると、御後に尿の染みが残ることがございます」

思わず浄円院は眉をひそめた。まさに紀州で耳にした通りだった。八つにもなって、長福丸はまだ襁褓《むつき》を付けている。四半刻といえども小便を我慢することができない――

「ですが小次郎丸様は、わずか四歳ながら御聡明さが際立っておられますとか。皆がこの御方こそは、まさに上様のご再来におわすと申しております」

だが浄円院は厳しい顔で考えを巡らせた。二男など、将軍家にとっては当面どうでもいい。

「それで長福丸は、つむりはどうですのじゃ。やはり他の八つの子より劣りますのか」

「いいえ」

半四郎はきっぱりと首を振った。

「大人でも難解な書を次から次へとお読みになり、囲碁や将棋の棋譜は飽きもせずに眺めておられます。ただ、石も駒もお持ちになれませぬゆえ、どの程度のお腕前かは判然といたしませぬ」

そのとき表のほうで本陣の門を閉ざす音がした。半四郎は長々と話し込んでいるわけにはいかず、ぴくりと頭を上げた。

半四郎は丁寧に手をついた。

「長福丸様に将棋を教えておられるのは酒井《さかい》讃岐守《さぬきのかみ》忠音《ただおと》様でございます。忠音様ならば、長福丸様のお人となりもよくご存知であられます」

歳は三十手前で、御城で奏者番をつとめているという。丸々と肥え太り、領国が梅どころのせいか、暇さえあれば屋敷の梅林の手入れをしている。

「酒井忠音か。そのうち会うてみよう」

「忝うございます」

浄円院はふと首をかしげたが、そのまま半四郎は下がらせた。

明日になれば江戸城へ入るのだ。すべてこの目で見てからだと思った途端に、小さく欠伸《あくび》が出た。

朝のうちに品川宿に入った浄円院の行列は、吉宗の遣わした出迎えのほかに長福丸と小次郎丸からの使いも加え、夕刻前に江戸城二之丸に到着した。

対面は明くる日と聞いていたが、吉宗だけは早速、気軽に二之丸まで会いに来た。

母の浄円院から見て、吉宗の長所はなにより明るいことだった。いまだかつて不機嫌に何かを考え込む姿を見たことがない。しかもまだ幼かった頃から、母親がきょとんとすると、子のほうが察して理由を聞かせてくれるようなところがあった。

「この歳になって江戸へのこのこと出て参ったのは、ただ孫に会いたかったがゆえじゃ。儂が来たからには、そなたも子らのことは儂に任せておきなされ」

「さすがは母上じゃ、よう言うてくだされた。これは来ていただいた甲斐がございましたな。ああ、この通りじゃ」

吉宗は浄円院に手を合わせてみせ、浄円院が真剣な眼差しで見返すと、うなずいてすぐ出て行った。将軍に就いた祝いなど言う暇もなかった。

そうして明くる日、浄円院はついに孫たちに会えることになった。

前夜、吉宗が帰った後に、滝乃井《たきのい》という長福丸の乳母が浄円院を尋ねてやって来た。二男が嫡男と同時に対面するのは無礼だというのだが、浄円院は滝乃井の必死の形相につい噴き出してしまった。

そもそも周りが無用な格を付けたがるから、兄弟がもめるのだ。浄円院は長福丸を特別扱いにはせず、二人をごくありきたりに仲の良い兄弟にするつもりだった。

巳刻の太鼓が響くと、さすがに浄円院も正座をし直した。廊下を歩く足音が聞こえ、静かに障子が開く。

歳よりは背の低い長福丸と、その後ろから頭一つ小さい小次郎丸が入って来た。小次郎丸には生母があるが、孫だけの引見なのでそれぞれの乳母が供をしていた。

「これはまあ、真にあの吉宗の子らかのう」

思わず浄円院は感嘆の声をあげた。そっくり同じ二つの顔が、それも大小の市松人形のごとくに整った顔が、清らかな目でまっすぐに浄円院を見つめていた。

二人は前まで来ると、作法どおりに腰を下ろした。長福丸のほうは左手をついて右足を伸ばしたままで座り、このとき浄円院は幼い嫡男の右手と右足にずいぶんと麻痺があるのを知った。

「――――」

「お初に御目にかかります。小次郎丸にございます」

長福丸が言い終わらぬうちに小次郎丸が口を開いた。そのせいか長福丸の言葉は、はっきりと聞き取ることができなかった。

「御目にかかることができ、本日はとても嬉しゅうございます。おばあ様には、お疲れではございませんか」

精いっぱい憶えてきたのだろう、小次郎丸が小さな口をぱくぱくさせて懸命に口上を述べた。

浄円院はその愛らしさに目が潤んできた。

「おお、上手に言えましたのう。忘れる前に言わねばならぬゆえ、少し慌ててしもうたかの」

優しく小次郎丸を見つめ、その笑顔のまま長福丸に目をやった。

「――――」

どうやら挨拶を口にしたらしかったが、浄円院にはよく聞こえなかった。

片耳に手のひらをたて、身を乗り出すようにした。

「――――」

やはり聞き取ることができない。つい小首をかしげると、小次郎丸が横から口を挟んだ。

「兄上はお話をすることができません。それゆえ小次郎が励まねばなりません」

誰に教えられたわけでもなく、小次郎丸は当たり前のように言った。

浄円院は眉を曇らせぬように気を遣ったが、小次郎丸の侍女はうつむいて激しくまばたきをしている。

「――――」

そのとき長福丸が何かを言って、手をついた。

「長福丸様は……、浄円院様に無事ご到着のお祝いを……」

後ろから滝乃井が取り繕うように言葉を重ねた。滝乃井は青ざめていたが、逆に小次郎丸の侍女はこれで一息ついたかのようにまばたきを止めた。

「そうではない」

浄円院がゆっくりと首を振ると、大小の市松人形が揃ってこちらを向いた。

「長福丸は、儂に詫びたのではないかえ」

すると長福丸はぱっと明るい笑みを浮かべた。

ああ、片頬に引き攣《つ》れがある。だらりと垂らした右腕は、ほとんど力も入らぬようだ。

その上、この子には母もない。だというのに長福丸はほんの八つという歳で、咄嗟に異母弟を庇おうとした。

「は、あの、浄円院様……。なにゆえ長福丸様が詫びられるなどと……」

滝乃井にはかまわず、長福丸はこちらを見つめている。

そういえばこの子は浄円院の問いかけに、うなずきもしなかった。うなずけば然《しか》りということが周りに伝わってしまう。だからただ微笑むという顔つきで応えたのだ。

浄円院は上段を立つと長福丸の傍らまで行った。この幼子の左の手、それは少しは動くのだろうか。

「然りならば一度、不然《しからず》ならば二度。やってごらん」

長福丸の左手を握り、浄円院は然り、と言った。

長福丸の左手が、ぎゅっと浄円院の手を握ってきた。

「不然ならば二度」

ぎゅっ、ぎゅっと二度続けて長福丸は握り返した。

「最前は、儂の申した通りかえ」

長福丸がそっと一度握った。

浄円院はうなずいて、その手をさすった。

「これでそなたは人に知られずに、然り不然と告げることができる。嫡男の立場では余人に知られてはならぬ心配りも要る。まことによくできました。じゃがこれからは、この婆が手伝いますぞ。母の代わりにはならんが、少しは心強う思いなされ」

浄円院が握った手を揺すぶると、長福丸は満面の笑みでうなずいた。

「さて、婆はこれから大勢と会わねばなりませぬ。可愛いそなたたちともう少し話していたいが、またの日にの」

そして小次郎丸の頭を撫でた。

「小次郎丸はよくできたのう。婆がたいそう褒めておったと母上にお話しなされ。そなたはこれからも兄上をお助けするのですぞ」

浄円院は小次郎丸を抱きあげて立たせると、背をとんと押した。

嬉しそうに駆け出していく小次郎丸の後を、侍女が一つ頭を下げて慌てて追いかけて行く。

浄円院はもう一度長福丸に向き直った。

「そなたは、身体の右側はあまり動きませぬのか」

浄円院はその右手を取った。これほど温かな柔らかい手をしているのに、神仏は不思議なことをなさるものだ。

「言葉はどうじゃ、誰ぞそばに、そなたの心を分かってくれる者はおるのかえ」

浄円院が左の手を取ると、長福丸は二度そっと握ってきた。この子はつねに他人がそばにいることを忘れない。

「実のところ、このような婆では何の役にも立たぬであろうな。だがそなたはきっと、儂のそのような言葉にも悲しむ質であろう」

近づけば近づくほど、長福丸の目は相手を吸い込むように輝きを増す。世にこれほど美しいものがあったかと、浄円院はつい見惚れてしまう。

長福丸の母は、次の子を生むときがまた難産で、腹の子とともに死んでしまった。出産では珍しくはないが、長福丸にとってはまだ顔も覚えておられぬ三つという幼いときのことだった。

「母上はそなたの弟妹に命を吹き込もうとして亡くなられたのじゃ。そなたのこの身体は、母上が願うて願うて、必死でこの世に送り出されたものじゃ。この先も決して軽んじてはなりませぬぞ」

浄円院は知らぬ間に拳を握り込んでいた。これから幾人が長福丸を思って拳を握るのだろうと、そのとき初めて漠然と考えた。

まだ色のない紫陽花が、雨の上がった御庭でしずくに濡れて光っていた。

浄円院が二之丸で暮らし始めて二月半が過ぎたが、なんという広さの城か、孫たちにはまだ数えるほどしか会えていなかった。吉宗にいたっては浄円院が江戸へ着いたその日に顔を見せたきり、城のどの方角にいるのかさえよく分からなかった。

「なに、母上は機嫌良うお過ごしじゃと聞いておりましたのでな。呼ばれれば、いつなりと参ったのでございますぞ」

その日は吉宗が今しがた矢を射てきたところだと言って、首に手拭いを掛けたままでやって来た。供に連れていたのは幾度か二之丸へも顔を出したことのある忠音で、こちらは手拭いを慌てて懐へ押し込んでいた。

「それがとつぜん、格別のお話との仰せでござろう。長福丸のことじゃと存じましてな、この者も連れて参りました」

吉宗が親指で指すと、忠音は月のような丸顔をほころばせて手をついた。

「長福丸のことは此奴《こやつ》もむろん、家臣どもは皆、廃嫡にせねばならぬと侃々諤々」

「上様、それがしは何もそこまでは申しておりませぬぞ」

忠音は情けなそうな苦笑いを浮かべ、懸命に首を振っていた。

「やれやれ。それは真でございますかの」

浄円院の胡乱《うろん》な目は忠音とぶつかった。

この忠音こそ、半四郎が会ってみよと話していた侍なのだ。だがだとするならば、忠音は長福丸の廃嫡を望んでおらぬはずではないか。

それとも半四郎が実は長福丸に肩入れしているなどとは、あのとき浄円院が勝手に読み違えたことか。

「忠音は真実、長福丸は廃嫡でよいと思うておりますのか」

はあ、と忠音はため息のような肯《うべな》いのような声で応じた。

「将軍職は、どうにもご無理かと存じます。目が見えぬ、耳が聞こえぬというならば、御側が如何様《いかよう》にもいたします。ですが将軍が臣下に、労いの言葉ひとつ掛けられぬとなれば……」

苦しげに太った身をよじり、汗を噴き出させて言った。家臣のこのさまを見れば、あの子はまたぞろ己のせいで周りを苦しめていると頭をうつむけてしまうのだろう。

浄円院も心にかかる迷いはある。だが思い切って一つ息を吐いた。

「それを聞いて安堵しました。ふむ、長福丸は廃嫡がよい」

え、と二人は同時に浄円院を見返した。

「何を驚いた顔をしておる。儂ほどあの子を愛しんでおる者もない。その儂の考えを申したまでじゃ。長福丸はぜひとも廃嫡にしてくだされ」

「あ、あの。浄円院様」

「何じゃ」

首をかしげて忠音を振り向くと、かわりに吉宗が応えた。

「廃嫡とは、長福丸は面目丸潰れではございませぬか。今よりも侮りを受けることになりますぞ」

「阿呆らしい。言いたい者には言わせておけばよい。そもそも、それを抑えるのが将軍の役目であろうが。そなた、それくらいのこともできぬのか」

吉宗はわざとらしい顰め面をして横を向いた。

「儂はのう、吉宗。この城へ来るまで、あの子があれほど悪いとは思うてもみませなんだ」

「そこまで悪うはございませぬ。長福丸は口がきけぬだけで、そのぶん頭の良さはずば抜けておりますぞ」

「ほう。てっきり見落としておると思うておったわ」

ちっと吉宗が舌打ちをしたが、浄円院は相手にしなかった。

「そもそもそなたが将軍などになったゆえ、長福丸は悩みが増したのじゃ。そなた、その程度の後先も考えずに将軍に就いたのであろう」

忠音は黙って浄円院たちを眺めている。

「紀伊で思い描いていたより長福丸は不憫な身であった。あの子は将軍にしてはならぬ」

「母上、ならさぬわけには参らぬのでござる。嫡男が跡を取るのは神君家康《しんくんいえやす》公の遺命にございますぞ」

「阿呆が。そなた、いつからそのように物の本筋を見誤るようになりおった。百年も前に死んだじじいの言で、そこまで目が曇りおるか」

忠音がぎゃっと叫んで頭を抱え込んだ。

「母上。いくら母上でも、言うて良いことと悪いことが」

「何が神君じゃ。神君家康公は、親を敬えとは教えていかれなんだか」

「じょ、浄円院様」

おそるおそる忠音が頭を上げた。

「お二方とも、そっくり同じお顔に、同じ立て膝にて。このまま、次は立って御喧嘩となりましょうか。となれば、それがしはどちら様のお味方をすれば宜しいのでございます」

ふと足下を見ると、確かに浄円院も吉宗も右足を立てて身を乗り出している。

「いやはや、どうかお静まりくだされませ。誰ぞに聞かれては厄介にございます」

浄円院と吉宗は互いにふんと鼻息を吐いて座り直した。

「母上。もしも長福丸が廃嫡となれば、九代は小次郎丸でござるか。となれば十代将軍は長福丸と小次郎丸と、どちらの子になさるおつもりか」

「そのような先の話、儂はもう死んでおるわ」

「ですが、そこまで考えておかねばならぬのが将軍職ですぞ。まったく、母上はお気楽でよいのう」

「儂だけではない。忠音とて廃嫡じゃと申しておるではないか」

「お、お待ちを。廃嫡などと大きな声で」

忠音は中腰になって身体を震わせた。

だがこの中の誰が、真に長福丸の苦しさを思っているだろう。皆がせいぜい、出世の糸口としか見ておらぬのではないか。

「あの子は頭の良い子で、将軍を務める厳しさも分かっておるはずじゃ。聡ければ聡いだけ不憫ではないか。声も出せずに、大広間で傀儡《くぐつ》のように座っていろと申すか」

吉宗でも猿轡《さるぐつわ》をされていれば、将軍としてふんぞり返ってはおられぬはずだ。

「考えてもみなされ。語り合える相手もおらずに将軍職が務まるか。口のきけぬあの子に、友を作ることはできませぬぞ」

「それゆえ母上に江戸まで来ていただいたのではないか。どうか長福丸を、なんとかしてくだされ」

吉宗は手を合わせて浄円院を拝んできた。むろん浄円院も、そんなことは百も承知で江戸へ来たのだ。

かわりに命を捨ててくれる者は、将軍にはきっと大勢いるのだろう。だが隣に座って、並んで肩を組んでくれる者はない。

「だからこそ申しておるのじゃ。儂はあの子を将軍になどさせませぬぞ。ほんのわずか、小次郎丸より先に生まれただけではないか。忠音も、長福丸には反対じゃと申しておったくせに何じゃ」

浄円院が八つ当たりで忠音を睨みつけると、忠音は慌てて懐から扇子を出して扇ぎ始めた。

「さすがは御母堂様にございます。面目次第もございませぬ」

忌々しげにそれを眺めていた吉宗は、ついに畳を蹴って立ち上がった。

「母上は忠音を頼みにしておられるのかもしれませんがな。此奴もいつまでも江戸におるわけではない。そのうち大坂城代に任じますゆえ、連《つる》んでおられるのも今しばらくじゃ」

驚いて忠音を見やると、当人もきょとんとしている。

だが今年から寺社奉行を兼ねることになった忠音は、いずれは老中に昇る。となればその前に京か大坂へ行くのは定まった道筋だ。

「お分かりになられましたかの。儂は長福丸のことのみ考えているわけにはまいらぬのですぞ」

言い捨てて吉宗は座敷を出て行った。忠音は後を追うわけでもなく、ただ忙しなく扇子を動かしていた。

二

浄円院が江戸へ来て七度目の夏が過ぎ、暑さもようやく下りに向かい始めていた。

昨夜は浄円院も落ち着かぬことで、朝もいつもより早く目が覚めた。長福丸がやって来る未下刻はもうじきだが、上刻を告げる太鼓の音を聞いたあたりからそわそわして、広縁に出たり座敷へ戻ったりを繰り返していた。

十四歳になった長福丸は、明年にはいよいよ元服することが決まっていた。そうなれば奥から表へ出ることも増えるのだが、やはり口はきけるようにならず、文字も書けず、手足の麻痺もいっこうに治らなかった。

近ごろようやく吉宗も長福丸を世継ぎに据えるのは迷い始めたようだが、かといって十歳になった小次郎丸を格別に遇する素振りもない。学問にも武芸にも秀でた小次郎丸をこのままにしておくのも、祖母としては惜しいことだった。

だが今日はともかく一刻も早く長福丸の顔が見たい。長福丸が来るのはつねに未刻と決まっているのに、殊更に下刻などと言って寄越したのが気に掛かる。一体どんな風の吹き回しで、いや、どんな手を使って下刻などと侍女たちに告げたのか。

広縁で柱につかまり、少し爪先立ちになってみた。縁起の良い白毛の獣が庭を横切ったような気がした。

「ばば様」

鉤の手の廊下の向こうから長福丸の声がして、浄円院は笑みがこぼれた。

あの子が呼びかける言葉くらい、浄円院はとうに聞き取ることができた。

「待っておりましたぞえ。ああ、それが新しい小姓か。さすがに背はそなたのほうがまだ低いようじゃ」

長福丸の顔を見れば浄円院はそれだけで心が弾む。凜々しい整った顔立ちに、清らかで美しい澄んだ眼差し。頬の引き攣れは年々目立たぬようになり、志の強そうな口許を見るたび、ここから言葉が聞こえぬのがどうにも不可解でならなかった。

浄円院は上機嫌で二人を座敷へ招じ入れた。

この新しい小姓は大岡《おおおか》兵庫《ひょうご》といい、歳は長福丸の二つ上だという。まだ小姓になって三、四日だが、見事に長福丸の意向を伝えるという噂は、すでに二之丸の浄円院の耳にも入っていた。

「――――」

珍しく、いや初めてだろう、長福丸が長く何かを言った。

やはりそうなると浄円院は聞き取ることができず、はてと首をかしげてしまった。

だが長福丸はにこやかに笑みを浮かべ、新しい小姓のほうを振り向いた。

兵庫という小姓は深々と手をつくと口を開いた。

「畏れながら長福丸様は、それがしの言葉はこの者、大岡兵庫が浄円院様にお伝えいたします、と仰せになりました」

浄円院はぽかんとその新しい小姓を見返した。

「――――」

浄円院が目をしばたたいていると、

「この者は私の申したことをすべて聞き取ることができるのでございます。私もたいそう驚きました、と仰せでございます」

兵庫は頬を染めて、畏れながらそのように、と付け足して大慌てで頭を下げた。

「面を上げよ」

浄円院がそう言うと、兵庫は顔を上げた。

「そなた……、真に長福丸の言葉がすべて分かりますのか」

「はい」

小姓は強ばった顔をしてうなずいている。

浄円院は茫然と二人を見比べた。

「――」

長福丸が何かを言って口を閉じた。浄円院はぼんやりと兵庫のほうを向いた。

「畏れながら、なんなりとお尋ねくださいませ、との仰せにございます」

兵庫は丁寧に手をついた。

「そのような、夢にも思わぬことを。儂を謀《たばか》れば許しませぬぞえ。儂はな、一度だけでもこの子と話がしたいと、老いた身にそればかりをずっとずっと願うてきたのじゃぞ」

浄円院の頬を涙が伝って落ちた。

「もしもその願いさえ叶うたならば、明日死んでもよいと思うておる年寄りに……」

「ばば様」

長福丸が優しく呼びかけた。

「――」

「この者が違うことを申せば、お知らせいたします、との仰せでございます」

長福丸は動くほうの左手を差し伸べて浄円院の手を握った。一度ならば然り、二度ならば不然。

「――」

兵庫はすっと息を吸い込んだ。そして一気に語った。

「私はもしもばば様と話すことができれば、真っ先にお伝えしたいことがございました」

言い切って兵庫は頭を下げる。

「――――」

兵庫が長福丸にうなずいて口を開いた。

「初めてばば様に御目にかかりました六年前、ばば様だけが私の申していることを分かってくださいました」

あっと浄円院は息を呑んだ。

「――――」

兵庫は眉根を寄せて長福丸の言葉を聞き、注意深く繰り返した。

「あのとき小次郎丸は、私が口をきけぬ身ゆえ己が励むのだと、兄をないがしろにするようなことを申しました」

浄円院はうなずいた。

「――――」

「私がそのことを詫びましたのを、ばば様だけは見抜いてくださいました」

浄円院は頬の涙を拭った。あのときのことは今もはっきりと覚えている。

長福丸の言葉を兵庫が伝える。

「私がこのような身体ゆえ、いつも周囲がけしかけ、小次郎丸は他意もなく申したことと存じます。それゆえ、私のせいでございました」

「やはり、それで詫びたのじゃな」

長福丸がうなずく。

「そなたの弟が、長幼も弁《わきま》えずに申したことじゃ。それゆえそなたは兄として、弟の非を詫びた」

長福丸はうつむいて何かを言い、兵庫が伝えた。

「ばば様がわけを説いてくだされば、私は笑って応えることはできましたのに」

浄円院は長福丸の手を強く揺すぶった。

「分かっておりましたとも。私は分かっておったゆえ、申さなかったのじゃ。あれは儂とそなただけの、たちまちに心が通じ合うた秘密であったゆえ」

周りに人がいたから、浄円院は口に出すのを憚ったのだ。

だが長福丸が尋ねてほしかったのなら尋ねればよかった。これで合っているだろう、と目顔で確かめてやればよかった。

そのとき浄円院は目が覚めたように悟った。これが偽りのはずはない。この小姓はたしかに長福丸の言葉を伝えている。

「奥では皆、さぞ喜んでおるのではないか」

滝乃井の泣き笑いの顔など、ありありと見えるようだ。

だが長福丸はいずれは表へも出なければならない。そのとき一体どれだけの者がこのことを信じるか。

その一方で、長福丸はきっとまだ言葉というものの恐ろしさを知らない。

「長福丸。言葉とは、独り歩きをするものですぞ」

これまで長福丸のみが持っていた利は、この広大な城の中で、言った言わぬと誰からも疑念を抱かれぬことだった。

表では、そこに疑念の矢がどれほど飛んでくるだろう。そのいくさ場をこの子は歩いて行けるのだろうか。ましてやそのとき、供はこの兵庫という若い小姓だけだ。

浄円院が何も言えずにいる間に、長福丸のほうが口を開いた。

すると兵庫はすぐにそれを伝える。

「それがしが配慮の足りぬ物言いをすれば、兵庫の言葉と取られかねぬということでございますね」

だが兵庫はそこで口をつぐんだ。そして後ろへ大きく飛び退ると、滅相もないと叫んで頭を伏せてしまった。

「兵庫、長福丸は何と言ったのじゃ。とにかく伝えておくれ」

兵庫は囁くような小声で言った。

「私の不始末を兵庫にかぶらせるような真似はせぬ……、私が兵庫を守ってやるにはそれしかないと、長福丸様は仰せになりました」

兵庫の顔からぼたぼたと涙が落ちていた。浄円院はこれほど大きな涙の粒を見たことがなかった。

翌年の四月、長福丸は元服して家重《いえしげ》と名を改め、京の宮家の姫と婚約が調った。梅雨が明けるとともに西之丸に入ってその主となり、兵庫もまた忠光《ただみつ》と改めていた。

前髪を落とした家重を初めて見たとき、浄円院はやはりこの子は格別の生まれだとはっきりと悟った。年寄りの贔屓目か、あまりの美しさに惚れ惚れとして、なにより言葉はもはや忠光の通詞《つうじ》でなんの不足も感じぬようになっていた。

西之丸では若年寄の松平能登守乗賢《まつだいらのとのかみのりかた》が新たに家重付きとなり、浄円院のもとへ来るときも大抵は供をしていた。通詞の忠光はむろん常に家重の影のようにそばに控えていた。

「本日はそれがしに御用の向きと伺いました。なにごとにございましょう」

その日、浄円院は能登守だけを二之丸に呼んでいた。

「いやいや、たまには年寄りの話に付き合うていただきとうてな」

浄円院が茶菓をすすめると、能登守はちょうど話があると言って先に口を開いた。

「家重様もじき、若君様と呼ばれなさるお立場でございます。新しい儒者の御進講も始まります。どうぞ浄円院様にはくれぐれも、己が百姓の出じゃと誇るのをお止めいただくようにと、上様が仰せでございました」

能登守は慇懃に頭を下げた。まだ三十過ぎだが吉宗の信任は篤く、いずれは老中になると目されていた。

「そうか、儂が生まれの自慢をの。決してそんなつもりはなかったがのう」

「浄円院様。自慢などとは、上様が例の皮肉にございます。真に受けられては困ります」

察せよとばかりに能登守は顔をしかめた。

「そもそも浄円院様が百姓の血を引いておられるとなれば、上様も半分は百姓ということになりましょう。京の姫のお輿入れも近いことでございます。軽々な仰せは、どうぞお控えくださいませ」

「やれやれ、何が悪いかのう。日の本の大半は百姓ではないかえ。将軍にその血が流れておらぬほうが事じゃがな」

浄円院は一つため息を吐き、指で将棋の駒を指す仕草をした。

「で、このところの家重は、あちらのほうはどうじゃ」

「その手つきは将棋のことでございますか。先達《せんだつ》ては上様にお勝ちあそばしました」

「なんと、それは真かえ」

能登守が改まった咳払いをした。

「家重様の駒は忠光が動かしますゆえ、忠光の腕ではないかと思うておる者もおったのでございますが」

ふんと浄円院は鼻を鳴らした。兵庫が現れて一年、西之丸から聞こえて来るのはそんな僻《ひが》みの類ばかりだ。

「忠光は巧みに滞りなく動かしますゆえ、上様からもお褒めの言葉を賜っておりました」

「そうか、良かったのう。まったく忠光は己のことは一切申さぬゆえ、儂はあちらのことはよう分からぬのじゃ」

「家重様のお強さには上様も舌を巻いておられます。余とて将棋は得手じゃと、その後はしばしご機嫌斜めにございましたほどで」

その対局を傍らで見ていた能登守は、実は勝負が決した潮目を見逃した。それどころか指し始めて半刻ほど経ったとき家重がもぞもぞと身体を動かしたので、また小便かと内心ひやりとした。

だが吉宗は家重の異変には気づかず、そのまま一手を指した。そしてその刹那、あっと思わず声を漏らした。

家重が顔を上げ、吉宗と目が合った。

――そうか、儂の負けじゃの。

茫然と吉宗がつぶやくのを聞いて、能登守は将棋盤ににじり寄った。

それでも能登守がまだ分からずに盤を読んでいると、吉宗は双方の駒を動かし始めた。吉宗の言った通り、たしかに勝負はついていた。

「あとから上様が、断じて忠光の腕ではないと仰せでございました。まあ彼奴は御城に上がった初めは、二歩も知らねば、敵陣で駒が裏返るのもしばしば抜かすほどでございましたゆえ」

「ならば将棋の腕が、忠光が家重殿の言葉を伝えておる証か」

「いいえ。残念ながら、そこまでの証にはなりませぬな。ただ家重様が御聡明にあそばすことは、もはや疑う者もおらぬようになりました」

「そうか、まずは重畳じゃ」

忠光が現れるまでの十四年、家重は人の話を解しているのかどうかすら疑われてきたのだ。きっと家重は忠光を皆に信じさせるために将棋を指している。それが何より家重が聡いという証ではないか。

浄円院はひそかに息を整えた。忠音が大坂へ行ってしまった今、もはや浄円院が頼りにできるのはこの能登守しかいない。

「そなたには特別に話がありますのじゃ」

浄円院が見つめると、能登守は改まって手をついた。

「儂ももう七十を過ぎた。いつまであの子の力になってやれるかも分からぬ。それゆえ、そなたには内々に、忘れずにいてもらいたいことがある」

「と、申されますと」

能登守は分かっているはずだ。

これまで幾度となく浄円院は周囲ににおわせてきた。吉宗には無視され、滝乃井には一笑に付され、話はいっこうに進まなかった。だが忠音がおらぬとなれば、この城で真に家重の幸いを考えている者といえば、家重付きの能登守だけではないか。

「家重殿は決して、将軍には就かせぬように」

「は?」

さすがに能登守は目を剝いた。

「浄円院様はなんと畏れ多いことを仰せになりますのか。それがし、そのようなことを聞くわけにはまいりませぬぞ」

能登守は即と立ち上がろうとした。

だが浄円院は慌てて、座れ座れと手を動かした。

「いいから最後まで聞きなされ。そなたも家重殿に生涯、廃嫡という疵《きず》がついてまわると申すのであろう。だがそのようなことで、あの子はびくともしませぬぞ」

吉宗でさえ、家重の肝がどれほど据わっているかは見落としているだろう。吉宗は人の倍、ものを見る力があるが、改革、改革と走り回っていれば世間並みの親にも劣る。

「吉宗が今も紀州藩主であったならば、儂もこのようなことは申しませぬ。じゃが、将軍職ばかりは別じゃ」

浄円院は能登守を睨みつけた。

「今すぐでなくて構わぬ。ここぞというとき、老中どもに諮っておくれ。儂の遺言じゃと申せばよい」

一筆書いてもよいと言うと、能登守は驚くのを通り越して笑い始めた。

「いいや、能登守。なにも今日、明日の話ではない。ばばなど、この世におらぬ遠い先のことじゃ」

「はあ。上様もまだ四十を過ぎられたばかりでございますゆえ」

「その通りじゃ。この話、うんと言うてくれるまでは帰しませぬぞ」

老中の松平乗邑《のりさと》など、即座に浄円院にうなずいたのだ。乗邑は能登守にとってはとこにあたるから、己からも口利きをしようと請け合ってくれた。

「このことは乗邑も承知じゃ。二人で計ろうてくれるよう、頼みましたぞ」

能登守はどんな顔をしてよいか分からぬという笑みを浮かべ、しきりに額の汗を拭っていた。


朝、広縁へ出ると前栽の脇にはまだ雪が消え残っていた。その丸みを見ていると、浄円院は心が温もってくる。家重の暮らす西之丸はここからは本丸も濠も越えたはるか先だが、駕籠でも仕立てて出かけてみようかと悪戯心まで起こった。

家重は先達て吉宗とずいぶん長く話し、そのとき忠光は通詞がとても上手くなったと格別に褒められたという。昨年末から家重は室鳩巣《むろきゆうそう》の進講を受けているが、忠光はそのときも傍らにいる。だからきっとそこで鳩巣が何か話してくれたのだと浄円院は思っていた。

鳩巣というのは歳は多分、七十の手前だろう。白髭に痩せぎすの姿は浄円院より年嵩に見えるが、明暦の大火の翌年に谷中で生まれたというから、実際は三つばかり下になる。吉宗が罷免した新井白石《あらいはくせき》と親しかったそうで、白石の引きで幕府の儒官となり、白石が不遇となった後も交わりを絶たなかった。

とつぜん転落した白石に代わってその娘の縁談まで世話を焼いたほどだから、鳩巣はきっと己の出世などは考えもせぬ清廉な人柄なのだろう。なによりここ半年で家重と忠光が目に見えて明るく変わったから、頼りになるはずである。

「家重殿は得難くも健気な臣下を手に入れあそばしたのでございますなあ」

浄円院は雪溜まりに話しかけてみた。このところ己の寿命ばかりを考える浄円院は、家重のためにしておかねばならぬことから手を付けることにしていた。

「我が身の栄達を思うておらぬ侍は、きっと数多《あまた》おるのでございましょう。だが忠光は、かといって将軍家の為を思うておるわけでもない。ただひたすら家重殿の不便をのみ考えておりますのじゃ」

神仏にでも問うつもりで口に出し、浄円院はそのまま広縁に座っていた。

そうして家重への進講が始まるきっかり一刻前、使い古した風呂敷包みを提げて鳩巣はやって来た。

前に座っても辞儀をしたきり、黙って瞼を閉じている。

「鳩巣殿は忠光に、家重の言葉はそっくりそのまま、つぶやきだろうが独り言だろうが、鏡が映すごとくに繰り返せと言うてくださいましたとか」

「いかにも左様にございます。それが家重様にとっては口を慎まれる因となり、忠光が無用な疑いに曝されるのを食い止める堰ともなりまするゆえに」

「さすがは侍講殿じゃ。儂もかねがね、仰せになったの何のと、煩わしいと思うておりました」

「御口代わりを務めるとは、真に難しいことにございます。家重様のお命じになった通り、先に己でやってしまえば早いと思いがちでございますが、結局それでは二人で遠くまで行くことはできませぬ」

「二人で、か」

二人ならば一人よりも長い道を行くことも、重い荷を持つこともできる。だがどちらかが転べばもう一人も転ぶ。

「忠光とはどのような子でございましょうかの」

「なるほど。忠光如何で家重様の御事も伝わりましょう。浄円院様はさすがのご明察にございます」

鳩巣はゆるゆると目を開いた。

「私は忠光には、家重様の御心まで伝えねばならぬと申しました」

鳩巣は居心地の悪そうな、できればこんなことは話したくないという顔をしていた。きっと半生、笑うのは苦手にしてきた生真面目な年寄りなのだ。

「人の生涯などたかが知れておると、私は若い者に言うべきでないことまで申しました。ですが考えた上でのことでございます。忠光は立身出世も、この世には何か別のものがあると探してもならぬと説きました」

鳩巣は忠光を、家重と同じ身動きのできぬ器の中に閉じ込めた。

「ですが侍とは皆、大なり小なりそのようなものではないのかえ」

「浄円院様の周囲には、他にもそのような者がおるのでしょうな」

鳩巣が微笑んだとき、むろん浄円院は真っ先に半四郎の顔を思い浮かべた。

「きっとその者から、私が鏡のごとくに御口代わりを務めよと申したことをお聞きになったのでしょうな」

「忠光から聞いたとはお思いになられませぬかのう」

「忠光とは、そのようなことを申す侍ではございませぬな」

浄円院は目を細めた。さすが人を見抜く目は肥えた老人だ。

「さて、私は支度に参らねばなりませぬ。浄円院様にはそうそう御目にかかれませぬゆえ、一つ、宜しゅうございますか」

「ああ、なんなりと」

「されば。家重様は格別のお生まれにございます。もはやお諦めくださいませ」

はて、何を。

「家重様は上様の跡をお継ぎになる定めの御方。今さら廃嫡をお望みになるのは、将軍家にとって益もないことにございます」

「いや、それればかりはいくら侍講殿の仰せでも」

これも鳩巣は見透かしたということか。それとも浄円院が能登守たちに言った言葉は、独り歩きを始めたか。

「私ごとき、なにごとも推察するしか術はございませぬ。ですが、このことについては上様のお考えが正しいと存じます」

「吉宗の考えですと」

鳩巣は吉宗にも進講したことがある。だが白石を遠ざけ、西洋の書まで解禁にした吉宗に、鳩巣は眉をひそめていると聞いている。

「たしかに長幼から申せば家重で決まりじゃ。だが幕府のためにもあの子自身のためにも、小次郎丸のほうが相応《ふさわ》しい。小次郎丸ならば、なにかと周りも煩《わずら》いがなかろう」

「そうは思いませぬ。なにより上様が、もう家重様とお決めなさっておられますので」

いやいや、と浄円院は手のひらを振った。

「吉宗が心の奥底で考えておることなど、誰にも分かりますものか」

「いかにも左様にございます。ですが畏れながら、私には分かります。九代様の御事はもうすでに家重様と決めておられます。賭けてもよい」

「いや、鳩巣殿」

たかが一介の儒者に何が分かるものか。吉宗が買っているのはその学識だけで、さして信任が篤いわけでもない。吉宗と深く語り合ったことなど、かつて一度もないはずだ。

「まさか鳩巣殿まで、滝乃井のように情にほだされなさいましたかの」

滝乃井は家重大事のあまり、吉宗には他に子がないとでも思っている。だが吉宗には今や六歳になる小五郎丸《こごろうまる》という三男まである。

「私は小五郎丸様も小次郎丸様も存じませぬが、お二方と比べるまでもない。お世継ぎ様は家重様でございます」

「こと家重については、そうは言えぬゆえ、皆が難渋しておるのではないか。鳩巣殿まで何を仰せになられる。あの子は口がきけぬのですぞ」

目が見えぬ、耳が聞こえぬというのとはわけが違う。それくらいのことなら、御側がいくらでも庇うことができる。

「上様は私が家重様の侍講となるとき、好きに教えよと仰せあそばしたのでございます」

「それがどうした」

「それゆえ私は、来る日も来る日も、家重様には将軍となられる心得を説いております」

だから、それがどうしたというのだ。

鳩巣はきっぱりと言い切った。

「朱子学を究め正道を説く私が、御嫡男の生まれの家重様に王法を教えぬ道理がございませぬ。将軍継嗣の学ばれるべきことは御二男様とは異なります。それを誰より分かっておられる上様が、私にそのまま教えることを許されたのでございます」

「ですが……、あの子がそれに不足ということも、この先あるかもしれぬ」

いくら学ばせても、身につかぬならば鳩巣の努力も徒労に終わるだけだ。

「それゆえ、賭けてもよいと申したのでございます。家重様は王法を学ぶに一点の不足もございませぬ」

「それは鳩巣殿の買いかぶりじゃ。きっと小次郎丸のほうが向いておるぞえ」

小次郎丸なら口がきける。身体はどこにも不如意がない。小姓も大勢いて、その皆が小次郎丸こそ次の将軍だと確信している。

「家重が九代などと。どうか、そのような酷い目には遭わせんでやってくだされ。なあ、鳩巣殿。儂はあの子が不憫でなりませぬのじゃ」

「浄円院様はどうぞしっかり目を見開いてごらんくださいませ。あれほど聡い御方を廃嫡とは、上様にとっても宝の持ち腐れでございます」

「まさか本心ではありませんじゃろう。神君家康公が長子相続を命じていかれたゆえ、侍講殿は頭から決めてかかっておられるのであろう」

鳩巣は小さくため息を吐いてまた目を閉じた。

「私が家重様の侍講となったのは、忠光が現れた後でございます」

鳩巣は五年も前から吉宗に進講し、その学の高さはとうに知られていた。だから家重にしても、なにも鳩巣に教わるのならばもっと前からでも良かったのだ。

だが鳩巣が西之丸の儒者となったのは忠光が現れて一年余が経ってからだった。それは吉宗が、じっと忠光ごと家重を眺めて、眺め終わったということだ。

「忠光がおるゆえ、もはや家重様の障りは無うなったということでございます」

「いいや。あの老中どもの誰が、忠光の声を家重の言葉じゃなぞと信じましょう」

浄円院の頰を涙が落ちた。

祖母として八年余り孫たちに接して、誰より家重が大切でならなくなった。その掌中の珠のあの子を四百畳もの大広間にたった一人で座らせ、家臣たちの好奇の目に触れさせたくはない。廃嫡と指をさされるのが何だ。この城の奥深くで静かに暮らして、何が足りぬというのか。

「家重様は忠光が憎まれぬように用心をなさり、忠光はむろん身命を賭して家重様の御口に徹する。そのような主従がやがてはどれほどの高みに至るか、浄円院様はご想像が及びませぬか」

「いいや、ならぬ」

「浄円院様。たとえ険しい道であろうと、忠光が現れた上は、家重様はその道を歩まれねばなりませぬ」

浄円院は頭を振った。家重にそのような道が行けるはずはない。

「実は浄円院様とて、とうにお分かりのはずでございます。私はもはや家重様が将軍に就かれることを疑いませぬ。浄円院様は祖母ゆえにと御自身を戒めておられるゆえ、逆に目が曇っておられます」

浄円院はかっとして立ち上がった。

「鳩巣殿。あの子は、まいまいつぶろなどと陰口を叩かれておるのですぞ」

人並みに歩くことができぬ。口をきくこともできぬ。だが人がなぜ家重をまいまいつぶろなどと形容するのか、浄円院はその真意が分からない。

「そのようなことが万が一、あの子の耳に入れば、儂はもう」

「まいまいとは蝸牛《かたつむり》のことでございますな。はて、歩みがあまりに鈍いゆえでございましょうか、それとも身に余る大きな殻を背負うておられるからか」

「鳩巣殿!」

鳩巣は浄円院をまっすぐに見つめた。

「この世で最も大きなまいまいつぶろといえば、上様でございましょう。重い大きな家を背負うて、あの方ほど苦しげに歩いておられる御方を、私は他に知りませんがの」

浄円院が目を見開くと、鳩巣は恬《てん》として笑っていた。

「私は、浄円院様にはせいぜいご長命を祈ることにいたしましょう。長生きさえなさればあの若い主従がその程度の雑言、柳に風と受け流し、むしろ追い風となさる御姿をこれからいくらでも御覧になることが叶いましょう」

鳩巣は清々しい顔で手をついた。

浄円院が口もきけずにいるあいだに、鳩巣は古びた風呂敷包みを提げて行ってしまった。

三

「ばば様、今日もお具合がすぐれませぬか」

静かに障子が開き、家重が忠光を連れて入って来た。

享保十一年（一七二六）、七十二歳になった浄円院は寝つくことが増えていた。江戸ではようやく梅雨が明けたが、春には庭に下りていた浄円院も、今では暑気とともに食を細らせていた。

侍女に支えられて床に起き上がった浄円院は、朗らかに笑ってこの一番の気に入りの孫を手招きした。頬が赤らんでいるのは昨夜から少し熱があるせいだった。

「今日は失礼したほうが宜しいでしょうか。それがし、出直してまいります」

家重は苦労してそばに腰を下ろしたばかりだったが、眉を曇らせてそう言った。口にしたのは忠光だが、忠光の口振りはもう十分に家重の心まで伝えていた。

「いやいや、気分は良いのじゃ。して小次郎丸とは、その後どうかえ」

家重の上の弟は十二歳になっていたが、昔からこの二人はあまり仲が良くなかった。元来が異母兄弟でほとんど直に接したこともなく、それぞれの家臣が厚く取り巻いている上に、小次郎丸には家重の身体の不如意を侮るところがあった。

十二というのは生意気の盛りだが、六歳の末弟、小五郎丸は輪をかけて家重を軽んじていた。

「ばば様には仲良くせよと仰せつかっておりますのに、申し訳次第もございませぬ」

家重が口ごもり、忠光は気弱げな小声もそのままに伝えている。

浄円院が手を差し伸べると、家重はそばまで近づいてその手を取った。

「弟たちのことは、家重殿には何の咎もない」

「ばば様……」

家重の声が細く開けた襖を隔てて漏れ聞こえた。

「そなたは、そなたのできることのみに意を払えばよい。己ができること、変えられることのみに向かって行きなされ。これは私の」

と、そこで浄円院は笑って口を閉じた。

家重は気遣わしげに祖母の手を握っている。

「このことでは、そなたには良い手本がすぐそばにありますぞ」

浄円院は笑みを絶やさずに家重と忠光を代わるがわる見つめている。

「忠光は懸命に己のできることに心を尽くしておる。そのようなそなたたちには、いつか皆が力を貸してくれましょう」

家重が然りの一度、祖母の手を握って揺すぶった。

「忠光。そなたは後世、その人柄の真が残ればよいのう。ですがそれは生半には叶いませぬぞ。家重殿の歩まれる道と、とんとんの険しさじゃ」

浄円院は声を上げて笑った。この一月余り、誰も聞くことのできなかった懐かしい声だ。

「家重殿のこの手のひらを、きっといつか優しい姫が握ってくださいましょう。何も御案じになることはない。神仏はなんなりと助けてくださるが、人が勝手に抱く恐れには何もなさることができぬのじゃ。もしもそのときまでこの婆がおれば、毎日、お二人の伝令をいたしますゆえな」

だが家重の婚儀は五年後、浄円院が七十七になるときだ。

浄円院は家重の手を優しくさすった。

「思いのほか、そなたに力添えしたいと思う者はこの城の中にもおりますのじゃ。その者たちは皆これからも、そなたの怒りを思うて拳を握りしめますぞ。それゆえそなたは、決して拳を握るようなことはなさらずにの」

家重は力強くうなずき、忠光がその言葉を伝えた。

「今日はばば様にようやく良いお知らせを持ってまいりました。ばば様が江戸へおいであそばしたとき、拳ほどの実をくださったのを覚えておられますか」

家重は探るように浄円院の目を見つめた。

紀伊を出るとき、浄円院は百姓たちが拵えている作物を土産に携えてきた。紀伊へは薩摩の修験僧が伝えたもので、痩せた土地でも豊かに育ち、人はその太った根を食べる。どうやら大陸渡りだというのだが、正体はよく分かっていない。

「甘藷と申して、やはり薩摩から紀州へ伝わったようでございます」

「甘藷とな……」

「鳩巣先生に『大和本草』という書を見せていただきました。なかなか読み通せませんでしたが、ようやく見つけました」

二十巻にものぼる薬草の類を記した書で、まだ十六歳の家重が読み切ったことには鳩巣も感心していた。

その書を読む一方で、家重は西之丸の庭でその実を試しつつ植えていた。だがいくら目をかけても肝心の根が太らず、拳のような実は毎年小さくなるばかりだった。

「それがしは工夫が足りず、蔓よ伸びよ、葉よ茂れと一つ覚えのように精を出してまいったのですが、なんと逆でございました。葉が少ないほうがよく育ちます」

「そうか。あれはそのように摩訶不思議なものじゃったか」

浄円院はおどけて、その拍子に小さく咳き込んだ。

家重は忠光に言って、浄円院を床に横たえた。

「いやいや、まだ聞かせてくだされ。今はまだ眠りとうはない。そなたの話をもっと、ずっと聞いておりたいのじゃ」

「――――」

「儂の持って来た、あの土塊《つちくれ》のような根をのう。ようも家重殿は大切に育ててくだされたものじゃ」

眠るまでそばにいるとでも、家重は言ったのだろうか。

「家重殿ほど、若い時分の吉宗に似ておられる者もない。吉宗はまだ部屋住みでの、よう儂に付き合うて土を耕してくれたものじゃった」

やがて浄円院は眠りに落ちた。家重はしばらく見守っていたが、心地よさそうな寝息が立つと静かに座敷を出て行った。

「誰か、おりませぬか」

浄円院の細い声を真っ先に半四郎が聞きつけた。

そっと枕元へ寄ると、その口許にかすかに笑みが浮かんだ。

「半四郎か」

「はい。おそばにおります。誰ぞ呼んでまいりますか」

「いいや」

浄円院は枕の上で首を振った。

「そなたと話がしたかったのじゃ。だがどのようにすればそなたを呼べるか、儂には分からぬゆえ」

「ご不便をおかけいたしまして」

悪びれずに応えると、くすりと浄円院は微笑んだ。

「何か愉快な話を聞かせておくれ」

「では昨日、西之丸で見たことをお話しいたしましょうか」

「そうか。半四郎は昨日、西之丸におったか」

「はい。上様がお連れくださいましたゆえ」

「おお、そなたが表からな。それで面白いことなど目にしたのかえ。そなたは衝立の陰で聞き知って来た話のほうが秀逸じゃが」

半四郎も微笑んだ。

もちろん浄円院に真の御役について話したことはない。だというのに浄円院はいつからかそのことに気づいていた。

「で、どのような話かの」

「それが昨日は、上様のほうが柱の陰に身を潜めておられまして」

目を閉じたままの浄円院が、聞き返すように耳をそばだてた。

「上様は家重様に会いに行かれたのですが、家重様があまりに楽しげに忠光殿と将棋を指しておられましたゆえ、そのまま様子を窺うことになさいました」

忠光はいつものように家重の言うまま、器用に家重の駒を動かすと己の手番を指していた。そして香車で家重の歩を取り、そっと口許をほころばせた。

だが家重が次の手で、角を一気に忠光の陣へ入れてきた。

涼しい顔で家重の駒を握った忠光は、言われた自陣の枡へ角を指し、成ったところで、あっと手を挙げた。

「忠光殿は、待ったと叫んで家重様の角を戻してしまいましてな。ところがすぐ我に返り、しばし見つめ合うた双方が同時にわっと大笑いになりました」

笑い止んだ家重が何か話しかけたので、それは掟破りと言ったのだろうと吉宗は思った。だがそう応えたのは忠光のほうで、家重の駒を握ったまま首を振り、頭を下げてしまった。

せっかちな吉宗は、はてと小首をかしげた途端に柱の陰から出て行った。慌てて忠光たちがそれぞれに頭を下げたが、吉宗はかまわずに将棋盤を覗き込んだ。

――忠光は角成りを見落としておったのだろう。で、次はどうなった。家重は忠光の〝待った〟を聞いてやらんのか。

「上様がそのように仰せになると、忠光殿は弾かれたように頭を上げましてな。ですが上様に己から口を開くわけにもまいらず……」

吉宗がちらりと家重に目をやると、家重が口を開いた。

「そうとなれば、忠光殿は申さぬわけにはまいりませぬ。逆でございますと、家重様の言葉をそのまま伝えました」

家重は忠光が己では決して口を開かぬことを知っている。だから家重が話すのが手っ取り早かった。

――逆でございます。それがしが〝待った〟を聞いてやろうと申しますのに、忠光が、それはずるいじゃと申して駒を返しませぬ。

家重は唇を尖らせて、子が親に不平を言うような口振りになった。

それを見た吉宗は身体を仰け反らせて笑い出した。

――そうか、世間とは逆が起こったか。しかし家重よ、そなた最初に、将棋では対当じゃと言うてやらなんだのか。

――まさか。申しました。だというのにこの有様ゆえ、喧嘩になっております。

「あのときの上様の嬉しそうなお顔は、浄円院様ならば御目に浮かばれるのではございませんか」

人と話ができぬ、ましてや口喧嘩など夢にも思わなかった家重が、いつの間にかその相手を得ていたのである。

「ああ。それは吉宗も喜んだであろうな」

「左様にございます。しかも最後には家重様の仰せの通り、忠光殿が角を戻させてもらっておりました」

「ほう、あの忠光が。それは意外じゃの」

「はい。家重様が、どうせじきに詰むゆえ好きにやってみよと仰せになりましたので、観念したと見えました」

くすりと浄円院が息を漏らして笑った。

だが少し半四郎は長く話し過ぎた気がした。

「浄円院様、では今日はこれにて失礼いたします。侍女を呼んでまいりましょう」

「ああ。最後に一つ」

「はい、何でございましょうか」

「吉宗は、そなたのことを何と呼んでおりますのか」

半四郎はぼんやりと浄円院を見下ろした。

「そなた、御庭番であろう」

密かな声で浄円院はたしかにそう言った。

「これまでそなたが聞かせてくれた話の数々、幕閣でもなかなか見知ることのできぬものばかりだったではないか」

浄円院は長い息を吐いた。

「儂は紀州を離れるのを、長いあいだ渋っておりましてなあ。じゃが、吉宗が申しました。御城へ入っても絶対に退屈はさせぬ、選りすぐりの面白い話をたっぷり聞かせてやるゆえ、と」

青名半四郎というのは番方の侍としての仮の名だ。

半四郎は御徒頭として和歌山城まで浄円院を迎えに行き、以来八年、この広い御城の中で浄円院の暮らしぶりを吉宗に伝え、浄円院にはいつも家重の話を聞かせてきた。それが吉宗に命じられた半四郎の真の御役だったからだ。

「そなたとは長い付き合いができた。じゃがそなたは、なにゆえ初めから家重殿を推してくれておったのか」

江戸への途次、半四郎は品川宿の手前で浄円院と話したとき、家重のことは忠音に尋ねてほしいと言った。忠音だけは家重の苦しみを分け持とうとしていると、半四郎自身が考えてきたからだ。

「やはり浄円院様はご存知でございましたか」

「儂はこれでも吉宗を生んだ母ですぞ」

「ああ、真に。左様でございましたな」

浄円院の言う通り、半四郎はただ素朴に家重の仕合わせを願ってきた。家重がまだほんの六つだった、吉宗が将軍に就いたときからだ。

「ずいぶん昔のことでございます。上様は八代将軍とお決まりあそばしたとき、己の真の願いはこれであと一つだけになったと仰せになりました」

――一度でよい、長福丸と話がしてみたい。我が子の言葉が分からぬとは、儂はなんと情けない父であろう。

その後ひそかに長福丸が泣いていたことを、半四郎は伝えなかった。どうやっても半四郎には肝心の長福丸の言葉を伝えてやることができなかったからだ。

「上様の仰せの通りでございました。それがしが御庭番だと見抜くとすれば、浄円院様だけであろうと、紀州へお迎えにあがる前に言われました」

「そうか、そうか。あの子がそのようにな」

「それがしの名は、万里《ばんり》と申します。まだ紀州公でいらした時分に、上様が付けてくださったものでございます」

「万里か。飛脚になりたかったというそなたには相応しい名じゃな」

浄円院がふうと息を吐いた。

「吉宗が将軍となるとき、そなたにはさぞ苦労をかけたことであろう。儂からも礼を申します」

半四郎は首を振った。御庭番として必死に駆けたあの日々こそが、半四郎にとってはかけがえのない宝だ。

「勿体ない仰せにございます」

目を閉じたまま浄円院はうなずいた。

「それゆえ次は、家重殿を頼みますぞ」

浄円院は穏やかに笑みを浮かべていた。眠るように旅立つ五日前の夕だった。

背信の士

一

大坂城代の松平左近将監《さこんのしょうげん》乗邑は三十七歳のその日、生涯で初めて悔し涙を流した。

乗邑は山城国淀藩六万石の藩主である。名門譜代の大給松平家《おぎゅうまつだいら》に生まれ、今夏、大坂城代に任じられた。常住する大坂城は淀から半刻の川下にあるので、五年前に淀へ転封されてからは特によく知る土地だった。

江戸では八代吉宗が米の値の下落に苦慮し、幕政を立て直そうとしていた。日の本の西方諸藩を統括する大坂城代はその大きな要の一つとして政《まつりごと》を進め、幕府を支える屋台骨でもあった。

それを、あの商人は――

乗邑は西之丸の奥座敷で一人、頰を拭った。

昨年から幕府は堂島新地で繰り返される米の延売買《のべばいばい》（先物取引）を禁じてきた。延売買は現物の米を受け渡さない空米取引ゆえに不正も多く、投機を目論んだ商人が関わることで米の値が乱高下した。幕府が給米で武士を養っている以上、ありもしない米に踊らされて肝心の武士が飢えるなどということは絶対に許されぬことだった。

――まあ、御武家様は物の流れる仕組みがとんと分かっておられませぬのでな。ほれ、水は高いところから低いところへ流れましょう。あれと同じことでございます。いくら延売買を禁じられても、皆がほれ、空米はここにあると申せば、商いは成り立ちますのじゃわ。御城代様の目には空米は見えんのかもしれんが、儂のこの目には、しっかりと映っておりますのでなあ。

そう言って枡屋《ますや》伝兵衛《でんべえ》は下まぶたを指で押さえ、染みだらけの顔をぬっと突き出してみせた。白く濁った目玉は蛇かなにかのようで、乗邑はあかんべえをされた気がした。

伝兵衛は堂島を仕切る米方両替の一人で、大坂の両替商はほとんどが伝兵衛から銀を融通されて親子になっていた。上方の商人の中でも古株の一人で、米価の安定にはその力が欠かせなかった。

だが乗邑はとにかく頭の天辺から足の爪先まで、伝兵衛の顔も声も言葉遣いも、何もかもがいけ好かなかった。伝兵衛のせいで今や乗邑は商人というものが丸ごと憎いほどだった。もとを正せば、大坂のこの繁栄は全て幕府が作ったものだ。わずか百年ばかり前、乗邑の曽祖父たちが命がけで戦国を終わらせようとしていたとき、商人たちは何をしていたか。いくさと見れば真っ先に大八車に家財を積み込み、子らを背負って逃げていたではないか。

あいにくそのとき侍たちは元服したばかりの少年にまで太刀を握らせ、いくさ場に立たせていたのである。女でさえ長刀を振るい、負けいくさとなれば自刃した。享保の世になった今も、武士は御役で失態があれば死を賜る。

幕府がそんな武士の暮らしを守るために、空米取引を禁じるのは当然ではないか。蔵にありもせぬ米を売り買いして正米の値を動かすなどと、商人どもの料簡はどうなっているのか。だというのに伝兵衛は、正米取引のもう片方の手で空米取引をしておけば、米の値がどう動こうが五分と五分、損は取り返せるなどと嘯《うそぶ》いている。なにが売り買いの損を取り返す妙手なものか。勝手に米の値を吊り上げ、買い叩き、挙げ句に生じた損の穴埋めまで幕府にさせようという肚ではないか。

乗邑は拳が震えた。

伝兵衛というのは歳は五十ばかりで、足が悪いからいつも土運び用の土車に乗っている。動くには前に結んだ綱を小男に引かせるのだが、自らも両手の杖で巧みに車の向きを変え、段差では後ろの大男がひょいと車ごと持ち上げるので徒《かち》よりも速く進むことができる。

伝兵衛が現れると、畳の上を簞笥でも引き摺るような耳障りな音がする。そうして座敷の皆がいっせいに口を閉じる。

――いくら御上が延売買はならんと仰せられても、皆がやりたがるものは仕方ございませんのでな。何度申し上げれば、水が高いところから流れる道理を分かってくださいますかのう。

――伝兵衛、くどいわ。延売買が不正を呼ぶこそ、ものの道理であろう。幕府は延売買だけは止めさせる。

乗邑が凄んでも、伝兵衛は薄笑いを浮かべていた。

――水というものは一度流れた道筋を忘れませんのでな。御上が川を堰き止めようと、付け替えようと、もはや流れは止みませんな。

空米取引はそのうち幕府自らが許すようになると、伝兵衛は土車の上で反っくり返っていた。

——まあ手前は、御城代様が御大切にぶら下げておられる太刀なんぞは欲しゅうもないが、この土車のためならば、その太刀なぞ十振は買える小判を、じゃらじゃらと払いますでなあ。

伝兵衛はそう言って杖で土車をこれ見よがしに撫でてみせた。羽虫でも潰したような湿った擦れ音がして乗邑は肌が粟立った。

乗邑が黙って唇を噛んでいる目の前を、伝兵衛はわざとゆっくり横切って行った。畳には土車がへこませた窪《くぼ》みが残り、まるで大蛇でも這った跡のようだった。

それだというのに——

乗邑はまた目頭を押さえた。幕府はついに昨日、米の延売買を許してしまったのである。

これまで乗邑のしてきたことは何だったのか。あんな土車から生えたような妖怪《あやかし》に好き放題に愚弄され、結局は奴の見透かした通りになった。米の値を安定させるため我慢に我慢を重ねてきた乗邑は、伝兵衛にただ貶められ、弄ばれた。

あの男は国のことなど何も憂えていない。己たち商人の儲けばかりを考え、妾《めかけ》など幾人囲っていることか。武士が干上がるのを尻目に、衣裳と化粧にしか関心のない女たちに湯水のごとくに金を使わせ、大坂城代が呼びつけても、足が不如意で明日になるなどと人を小馬鹿にした返事を寄越す。

こんなことなら乗邑はいっそあの土車ごと伝兵衛を叩き斬り、己も切腹して終いにすればよかった。

「御城代」

「ああ、今行く」

障子越しの声に乗邑はすぐ立ち上がった。

今日はこれから江戸の使者と会わねばならない。飛脚の文ではなく使者が来るのは珍しいが、己の利のみを考えている伝兵衛と違って、幕吏は忙しいのだ。

あのような土車、二度と本気で相手をするものか。

乗邑は丁寧に頬を拭って広間に向かった。己が考えるべきは、あの商人たちの、大藩にも肩を並べる巨大な財を動かすことだ。これからの新田開発に、あの有り余った金子を用いぬ手はない。

いつまでも悔しがっている暇はない。己は大坂城代に任ぜられてまだ半年ではないか。枡屋など、そのうち闕所《けっしょ》にしてくれる。

乗邑は一つ息を吸って胸を落ち着けた。己は生来、気長である。だからこそ米価の立て直しなどという歳月のかかることに正面から取り掛かっているのだ。伝兵衛をのさばらせておくのも今のうちだ。

「お待たせしましたの」

乗邑は上段に立つ使者に一礼して腰を下ろした。

吉宗からの使者は二人で、にこやかに乗邑を眺めている。

「乗邑殿、吉報にございますぞ」

はあ、と乗邑は顔を上げた。

「上様は此度、乗邑殿を老中に任ぜられました。領国も山城より江戸近く、下総《しもうさ》へ転封にござる。まことにお目出度《めでと》う存じます」

吉宗の文を携えた使者が、上段で手をついていた。


享保八年（一七二三）五月、乗邑は老中として初めて江戸城に登った。

むろん藩主として参府のたびごとに江戸で暮らし、登城したのも一度や二度ではない。しかも乗邑は五歳で父の跡を継いで藩主になったので、五代綱吉《つなよし》からこちら、すべての将軍を見知っている。ただ六代家宣《いえのぶ》は将軍襲職から三年でみまかり、七代家継《いえつぐ》はまだ幼い童だった。乗邑にとっては将軍よりも、謁見の場に悠然と座していた側用人の姿のほうが瞼に焼き付いていた。

だが吉宗はその誰とも違った。

畳廊下から袴の擦れる足音がしたと思うと、上段に颯爽と現れて、縮こまっている乗邑に気さくに声をかけてきた。胡座を組んでいきなり、大坂商人どもにはさぞ腸《はらわた》が煮えくりかえったろうと親身に笑いかけてこられた。

乗邑は思わず涙で辺りが滲んだ。

「いやなあ、忠音はそなたには懇切に引き継ぎをして貰うたと喜んでおったが、大坂というのは一筋縄でゆかぬ土地じゃ。幕府も江戸に離れておるゆえ、なかなか言うことをきかぬのであろうな」

忠音とは、乗邑の後に大坂城代となった酒井讃岐守忠音である。豪快で小さなことに拘らぬ質なので、伝兵衛にもあるいはと乗邑は期待をかけている。

吉宗は無駄口もなく話し始めた。

「江戸でどれほど足掻いても、諸国の米が大坂に集まるからには一朝一夕とはゆかぬでな。大坂の商人どもが商いに口を挟むなと申すならば、幕府としては金の値を上げてゆくしかあるまいの」

江戸では諸色《しょしき》を購うのに金を用いるが、上方では銀だ。大坂に諸国の米が集まるから商いは銀建てとなり、金は両替しなければ通用しない。そのとき伝兵衛のような両替商の言いなりで換銀されるから、金はどうしても値打ちが下がってしまう。

「余は、金の値打ちを大権現様の昔に戻すつもりじゃ。商人どもの望み通り、米商いは大坂でさせてやろう。そのかわり武士の得る金を慶長の昔に戻してな、商人どもの得意の鼻をへし折ってやるのよ」

乗邑は唾を飲んだ。

確かにその手は使えると思った。諸国の米が大坂に吸い寄せられるならば、米を動かす金の値を変えるのだ。大坂の商人が銀でしか商いをせぬと言うなら、金の値打ちを上げてやればよい。

「上様、どうかそれがしに上様の御手伝いをさせてくださいませ」

「無論、そのつもりで江戸へ呼んだのじゃ。ただ、そなたは重々承知だろうが、これは十年やそこらでは元に戻せぬぞ。なにせ大権現様の御時から少しずつ傾いてまいった心柱を立て直さねばならぬゆえ」

乗邑はまたぞろ目が潤んできた。

この改革は十年どころか、二十年でも仕上がるまい。だがその後はもう二度と伝兵衛のような、武士を虚仮《こけ》にする商人はのさばらせない。改革を成し遂げれば、次の将軍の御世には必ず、世は家康の昔に戻っている。

「大坂とて、このままには捨ておかぬ。商人どもが厭《いや》と言うほど口を挟んでやるつもりよ」

乗邑は身体が熱くなってきた。己はこの将軍の下で働くのだ。吉宗の改革を前に進め、武士が侮りを受けぬ世に戻すためなら命を賭けても惜しくはない。

「幕府は旗本、御家人を切り捨てねば立ちゆかぬところまで来ておる」

乗邑はうなずいた。家康が貯めに貯めた幕府の金蔵は底をつき、もはや幕臣に渡す給米もない。

「ですが、それだけはしてはなりませぬ。米が足りぬならば作ればよい。干拓で田を広げます」

「新田か」

「左様にございます。商人どもの蔵には金子がうなっております。儲けを生みとうてたまらず、だがしかし使い道がない。その金子を新田開発につぎ込ませ、拓いた田の十が一でもくれてやると申せば如何でございますか」

淀の藩主だったとき、乗邑は天守から木津川や淀川の流れを飽かず眺めて思ったものだ。あのうねりがあとわずか右へ蛇行しておれば、脇の沼地は水の豊かな田に変わる。あの巨大な池をほとりから少しずつ埋め、堅固な堤ででも囲ってしまえば、一帯は畠に化けるのではないか、と。

「幕府が知らぬだけで、諸国にはまだまだ米を生む土地がございましょう。実際にその地を足で歩いて知っておる代官どもに見立てさせてはどうでしょうか。さすれば、諸藩にも倣う者が出てまいると存じます」

「それは名案じゃ。となると、そこからは代官の力量次第か」

商人は己の才覚一つで身を起こすこともできるが、武士はやはり生まれがものをいう。譜代でなければ幕閣には加わることができず、大名でなければ任じられぬ御役というのも多い。

上が変えようとするのでなければ、武士の枠組は動かない。ならば吉宗のような絶好の将軍の下で、乗邑の役目の一つはこの改革を頓挫させぬことだ。

「たとえば上様の御覚え目出度い町奉行、大岡越前守忠相《えちぜんのかみただすけ》。上様がゆくゆく寺社奉行にお取り立てあそばそうとなされても、寺社奉行は大名の務める御役ゆえ、旗本の越前守を任じることはできませぬ」

家康の時分のように幕府に米があれば、さっさと忠相を大名にしてしまえばいい。だが今の幕府には新たに大名を召し抱えるだけの余裕がない。

「それゆえ足高《たしだか》の制というのはどうでございましょう」

「足高……」

「御役を務める間だけ、御加増により大名格といたします。ですがその加増分は、御役御免の折に戻させる。さすれば幕府は、その者の力量のみを買うことができます」

子孫にまで継がせねばならぬと思うから取り立て難くなる。もはや幕府には与えられる領地もないのだから、原則は足高として、よほどでなければ家禄には組み入れぬことにする。大方の旗本や御家人たちが俸禄として切米のみを与えられているのを上にも当てはめるのだ。

大坂にいたとき、伝兵衛が一代で身を起こしたと知って考えたのだ。商人たちの間では今もまだ戦国が続き、だからその道で力のある者が次から次へと現れる。それにひきかえ武士は百年も前にいくさを終え、そのとき得たものを抱え込んで動かない。ならば商人と勝負するには、武士もせめて多少は動けるようにしなければならない。

「なるほどな。分かった、来月から始めよう」

「は？」

乗邑は思わず聞き返した。

「どうかしたか」

「いえ、まさか斯様《かよう》に早く」

吉宗は笑い声を上げげた。

「そなたのほうが早いではないか。こうして会うた初めに、ここまでの智恵を出すとは思わぬであった。代官たちの見立て新田についても、水野《みずの》監物《けんもつ》と進めよ」

乗邑は感激のあまり武者震いがした。監物とは勝手掛老中を務める幕閣一の実力者だ。足高の制も新田開発も、むろん昨日今日の思いつきで言上したわけではない。だがこれほど即断されるとは、さすが吉宗は聞きしに勝る。

威厳が備わり音吐朗々として、ほんの一瞥で周囲を勇み立たせてしまう。これこそ配下の才を引き出し、存分の働きをさせる全き将軍だ。

己はどこまで強運なのか。吉宗の下でなら乗邑は思うままに腕試しができる。

「余の改革も明日からは百人力じゃの。頼むぞ、乗邑」

「勿体ない御言葉にございます。それがし、上様の御改革にわずかなりとも力添えができれば、他には何も望みませぬ」

手をついたが身体の震えは止まなかった。面を伏せて息を整えていると、襖越しに聞き慣れた耳障りな音がした。

乗邑は頭を下げたまま耳を澄ました。

あの伝兵衛の車は畳の上でも板縁でも同じ音がする。重たげに船簞笥を引き摺る、強欲で権高な性分そのものの鈍い音。伝兵衛ならば、将軍の前だろうと江戸城本丸だろうと畏れに身を震わすことはない。あの猫背の大男に土車ごと抱きあげさせて、御城の式台も階も難なく越えてここまで入って来る。

土車は広間のそばでぴたりと止まった。だが乗邑は正面の吉宗に背を向けて振り向くわけにはいかない。

「おお、長福丸。来たか」

乗邑は驚いてさらに深く頭を下げた。長福丸とは十三歳になる吉宗の嫡男だ。

平伏している乗邑の傍らを、小さな白い足袋が広間をゆっくりと上段のほうへ近づいて行く。

この大広間は上段と下段のあいだに中段があり、むろん一段ずつ高くなっている。

下段の乗邑の脇を進んだ長福丸は、中段に上る手前で足を止めた。すると上段の吉宗が立ち上がって中段まで下りてきた。そして長福丸に手を差し伸べると、長福丸はそれに摑まって中段に上った。

乗邑はうつむいたまま困惑していた。そういえば吉宗の嫡男にはさまざまな身体の不如意があると、参勤の折に聞いたことがある。

長福丸はたしか吉宗がまだ紀州藩主だった時分に赤坂の藩邸で生まれ、あまりに身弱で育ち上がるかどうか、ずいぶんと案じられたのだ。だが当時の吉宗にはほかに男子がおらず、まだ廃嫡も囁かれぬ幼いうちに吉宗が将軍に就いた。そしてそのまま嫡子となり今に至っている。

吉宗は長福丸の手を握ると、上段へは戻らずそのまま中段に留まった。この世にただ一人という将軍が嫡男を介添えして座らせ、その後で腰を下ろしたのだ。

「乗邑、面をあげよ。今日はそなたに会わせるために特別に呼んだのじゃ。長福丸と申す。十三になる」

「は、御目にかかることができ、恐悦至極に存じ奉ります」

乗邑は改めて手をつくと顔を上げた。鼓動が激しく打っていた。

十三歳にしては小柄のようだった。だらしなく右足を前に放り出し、右手もだらりと身体の横に垂らしている。

足袋の足裏が片方だけ乗邑の鼻先にあった。その足裏から腿、右手、その指と眺めてふと、これでは文字は書けぬだろうと思った。ならば左手はどうなのか。だが身体の左側は小刻みに震え続けている。

これが吉宗の跡継ぎか——

ため息を噛み殺しつつ顔を見た。

これはまた女に見紛うほど色の白い、整った顔立ちをしている。黒目がちの意志の強そうな眼差しに、眉が美しく一筋にすっと伸びている。鼻筋も通り、口許がまた聡そうだ。

乗邑は目を見開いた。唇の右端が、居丈高な性質を表すようにわずかに吊り上がっているではないか。引き攣れはそこから右頰、右耳へと及び、これではとてものこと笑みなど浮かべられまい。

そのとき長福丸と目が合った。というより乗邑がようやく長福丸がこちらを見ていることに気づき、見返したところで長福丸のほうが目を逸らしたのだ。

乗邑は激しくまばたきをした。もしや長福丸は乗邑の侮蔑を見透かしただろうか。

父子のどちらを見るわけにもいかず、乗邑は茫然と二人の間に目を向けた。

「——」

乗邑は驚いて息が詰まりかけた。つい長福丸をまっすぐ見返したとき、もう一度その声がした。

「――――」

長福丸が口を動かしていた。その声ともいえぬ妙な音はたしかに長福丸の口から出ている。

乗邑はぽかんとした。

長福丸の言葉が聞き取れぬ。ということは、長福丸は口がきけぬのだ。

「乗邑、聞いての通りじゃ。長福丸の言葉はなかなか伝わらぬ」

吉宗がいたわるような笑みを浮かべて長福丸の顔を覗き込んだ。

「長福丸であると、乗邑に申したのじゃな」

長福丸はしっかりとうなずいた。

「お、畏れ入りました。それがし、此度老中を仰せつかりました松平乗邑にございます」

「ああ」

それはどうにか聞き取ることができた。

「ご苦労であった、乗邑。では宜しく頼む」

乗邑は手をつくと慌てて退出した。その日一番の汗が背を伝っていた。

畳廊下を戻りながら、なぜ長福丸があえて口を開いたのかと考えた。わざわざ動かぬ口で名乗らずとも、吉宗が同じように言ったばかりだった。

――安堵するがいい。お前の侮蔑の目を、私は父上に伝えることができぬゆえな。

まさか、そう悟らせようとしたわけではないだろう。

乗邑は畳廊下を歩きながら、己のその思いつきに即座に首を振った。ふしぎに見下されたのは己のほうだという気がしていた。

二

江戸へ来て七年が過ぎ、四十五のこの年、乗邑はついに老中首座となった。

享保の世も十五年で、吉宗の改革には不首尾もあれば、うまく滑り出しているものもあった。先ごろ改革を主導してきた勝手掛老中の水野監物が罷免されたが、それはここでさらに改革に弾みをつける吉宗の意気の表れだった。老中にはおととし大坂から戻った忠音も加わったが、こちらは改革よりも、元服した長福丸改め家重が九代を襲職すべきかどうか見極めることを命じられていた。

家重は二十歳になり、昨年は弟の宗武《むねたけ》も元服した。吉宗はちかぢか宗武を田安《たやす》御門内の屋敷へ移し、将軍家御控えとして新たな家を創《はじ》めさせるつもりらしかった。

宗武贔屓の大奥はなにかと囂《かしま》しいが、田安家を立てるということは、宗武がそのまま九代に横滑りする道を付けたということでもある。そもそも家重には子ができるかどうかも分からぬのだから、まだしばらくは黙って成り行きを見ていることができる。だというのに女たちはこのところ盛んに口を差し挟み、宗武を九代にと騒いでいた。

ともかく御城ではなにかと角が立つ。乗邑は品川の自らの屋敷に忠音を招いたが、互いの屋敷がほとんど筋向かいだったので、忠音はひょこひょこと一人で歩いてやって来た。もう一人、親戚で気安い松平能登守乗賢も呼んでいたが、西之丸若年寄という格下の能登守のほうが大層な駕籠を仕立てて待たせてあった。

先達ての評定で、能登守は九代には宗武が相応しいと口火を切った。むろん乗邑とあらかじめ語らって他の幕閣の考えを見極めようとしたのだが、四年前にみまかった吉宗の母、浄円院から二人揃って家重の廃嫡を託されていたせいでもあった。

乗邑たちが頼まれたからには他の幕閣も多少は聞いているはずだが、忠音は五年余りも江戸を離れていた。もちろん浄円院には生前拝謁していたが、あいにくその時分のことを乗邑は知らない。能登守たちが家重の廃嫡を考えるのはなにも浄円院の言葉のせいではないが、忠音の存念は知っておきたかった。

「明年は家重様も京より御簾中《ごれんちゆう》様をお迎えあそばされる。となれば宗武様の田安家創設は疑いもないと存ずるが」

乗邑が水を向けると、忠音は屈託もなくうなずいた。

「左様にございますな。ならばいずれは小五郎丸様もご同様にございましょう」

十歳になる吉宗の三男である。

「小五郎丸様は一橋《ひとつばし》御門内あたりとなりましょうかの。幕府には新たに数十万石を割くゆとりはないゆえ」

「ああ、そうか。一橋御門がございましたな」

忠音は拳を打って大いにうなずいた。

この忠音というのは大木のように太り肉《じし》だが、中身は竹か柳のようにしなやかで、どこから風が吹いても倒れぬようにできている。度量の大きさは実は幕閣一で、誰が何を言っても必ず一旦は肚に飲み込んで考える。頭ごなしに否ということもなければ、先入主に凝り固まることもない。乗邑は大坂城代を引き継ぐとき、つくづくあの商人どもと渡り合えるのは忠音しかおらぬと思ったものだ。

その忠音を吉宗は大坂で五年も働かせ、今度は家重を見極めよと言って江戸へ連れ戻した。当人はそこまで思ってはおらぬだろうが、こと家重に関しては、吉宗は忠音の見立て次第にするつもりでいるのかもしれなかった。

「宗武様、小五郎丸様の御事では大奥が喧しゅうてなりませぬな。始終、なんとかならぬのかとせっついて参られまして」

能登守が力なくため息を吐いた。

「なんとか、のう」

乗邑はさらに言わせようとしたが、能登守はしばらく黙っていた。

能登守は乗邑にとってはいとこにあたる。歳は七つ下で御役も近く、乗邑が最も率直に話せるといえばこの能登守だった。

「月光院《げっこういん》様などは、ただただ宗武様が可愛《かわゆ》うてならぬと仰せですが、まさか、それだけのはずがございませぬ」

能登守が苦笑を浮かべつつ乗邑を見る。月光院とは六代家宣の側室、七代家継の生母である。

「全くじゃの。女どもが、ただ眉目麗しいというて宗武様を推すものか。例の得意の〝気儘八百を隠れ蓑〟じゃ」

これは吉宗の受け売りだった。何も考えずに好き勝手に話しているふりで、実はしたたかに算盤を弾いているというのである。

宗武と小五郎丸は女たちと噂話に興じるのもありきたりに好み、衣裳や櫛笄《くしこうがい》にもこまごまと目を留めてやる。かたや家重は小姓を連れて土いじりに将棋とくれば、女たちには張り合いもないのだろう。

そのとき忠音が、そうか、とぽんと拳を打った。

「評定の場で能登守殿が言い出されたのは女どものせいでございましたか。なるほどなあ、我らは大奥を抜きにしては何一つできぬ身でしたな。いや、それがしは能登守殿があのような厄介なお話をなさるとは思いも掛けず、妙でならなんだのでございます」

忠音は丸い月のような顔に満面の笑みを浮かべていた。

「しかしのう、忠音殿。するとそなたは、まだ真剣に次の将軍をどちら様にするか、決めかねておられるのか」

九代など、放っておいても宗武で決まっている。だというのに何をわざわざ生真面目に考えるのか。

「ならば乗邑殿は、宗武様が九代に就かれるべきだとお考えなのでございますか」

「ふむ。それがしは九代様の御世にはもう退隠しておりますがの」

まだ若い忠音は考えたこともないだろう。だが乗邑はあと何年、思う存分働くことができるかと立ち止まって前を眺め渡すようになってきた。

乗邑には老中に任じられたとき密かに誓ったことがある。決して去り際を見誤らず、己の目が曇り始めれば即、致仕するということだ。

「それがしは上様の二つ年下にござる。上様の御改革を助けさせていただければ、本来、次の世は次の者が考えればよいと思うておるのだが」

幸いにも吉宗は、病とも怠惰とも無縁の将軍である。乗邑には今、存分の働き場があり、次の世を考える気は起こらない。幕閣はそのときが来れば家重廃嫡ということで内々に一枚岩になっておけば十分だ。

「家重様に将軍職が務まるわけはない。ただ我ら臣下が云々するのは無礼にあたるであろう。上様が仰せ出されるまでは黙っておるが肝要かと存ずるが」

乗邑は正直に口にして、唯一の気がかりの忠音をそっと見た。

「しかし、まこと家重様では務まりませぬかのう」

忠音は他意もなさそうに天井を見上げて腕組をしている。

「口もきけぬ、文字も書けぬとなれば幼君と何も変わらぬではないか。幼君の政は補佐の者が必ず不始末をしでかすゆえに」

「ですが家重様には忠光がおりますぞ。となればもはや、お話しになれぬわけではない」

忠光とは、数年前に突如あらわれた家重の小姓だ。たいそう耳が良く、家重の言葉を残らず解すというのだが、それを真実だと証しする術はない。

「そうじゃ、忘れておった。西之丸には奇妙な小姓がおりましたな。だがそれこそが、家重様が九代ではならぬと考える因にはなりませぬかの」

この世の誰も、老中でさえも解すことのできぬ家重の声を、ただ一人の小姓が伝えるというのである。もしもこれで家重が将軍にでもなれば、五代綱吉から幕府の政を歪ませ続けてきた側用人制でなくて何だろう。

「家重様が幕閣の評定に加わられ、老中どもの話に耳を傾け、それでよいと首を縦に振ってくださるというなら、たしかに将軍の政であろう。だが忠光が間で立ち回るとなれば、我らは直に家重様と話すこともできぬ」

「なるほど。忠光は側用人でございますか」

「もしも家重様が将軍とおなりあそばせば、の話だが」

九代のことなど、本来は乗邑が考えることではないのである。

だが家康が完璧に作り上げていった幕府に、要らぬ手を加えたのが側用人制だ。これは綱吉が始め、数代続くうちに容易に廃せぬ御役になってしまった。

八代が吉宗のゆえに今はないが、吉宗も奥から表へ伝達するのには御用取次を用いている。

これは将軍が吉宗でなければ、明日にでも側用人に化ける代物だ。

吉宗が特別なだけなのだ。将軍が吉宗でなくなれば側用人制はたぶん即座に息を吹き返す。

「しかし、あの忠光が側用人となりましょうか」

「ともかくも側用人だけはふたたび出るようなことがあってはならぬ」

「まことでござる。こればかりは我ら、その時分には隠居じゃ、などと言い逃れはしておられませぬな」

忠音が頼もしげに乗邑に笑いかけてきた。

乗邑には将軍といえば吉宗だけで、これまで九代将軍の姿など見えたことはなかった。だが次に側用人になる者の顔だけははっきりと見えるようになってきた。


乗邑が節目の五十歳を迎えた年だった。吉宗と二人きりで座敷に座り、吉宗がぐっと瞼を押さえるのをぼんやりと見ていた。あまりにも思いがけない忠音の死が、城下の屋敷から伝えられたのだった。

乗邑より五つも年若で、ほんの二日前にともに評定をしたばかりだった。父も兄も同じ卒中だったと今しがた吉宗から聞いたが、にわかに信じることはできなかった。

それから四半刻ほどが過ぎただろうか。

「これで、家重が将軍に就く目は消えたかのう」

吉宗はぽつりとそんな話を始めた。

「忠音殿ばかりは、忠光は言葉を作っておらぬと繰り返しておられましたゆえ」

「乗邑はどうじゃ。まだ疑うておるのか」

「今日は正しゅうても、明日には分かりませせぬ。上様、それがしに忠音殿の代わりは務まりませぬぞ」

「そうか」

忠音の死ではっきりと気がついた。乗邑にも、己が思っているほどの年月は残されていないのだ。

「もはや家重様を推す者はなくなりました。そうとなればもう宗武様で決まりでございます。ゆえにそれがしの願いは、一日も長く上様の御世が続くことでございます」

「やってもやっても米の値は落ち着かぬゆえな」

「なんの、終わりなど来ぬが如きであった西国の凶作も一段落でございます。これからはまた年貢米も増加に転じましょう」

忠音のいた最後の数年、幕府には試練が続いた。西日本を広く吹き飛ばしていった大台風に江戸の地震、さらに一万人を超す餓死者の出た飢饉もあった。あのとき幕府は諸侯に米を貸し出して御救い小屋を建てさせたが、あれで幕府はなんとか蓄えてきた米を全て使い果たしてしまった。

その上、家重の御簾中、比宮《なみのみや》が早産で亡くなっていた。家重はここ一年というもの奥に籠もったきりで、酒浸りの日々を過ごしている。

いくら子まで亡くしたからといって、妻に先立たれたくらいで正体を無くすとは武士にあるまじきことだ。もうさすがに吉宗も家重の将軍襲職には踏ん切りがついたろう。幕府は忠音を失ってさえ立ち止まっているわけにはいかない。吉宗が幕政を改革していなければ、幕府など享保の大飢饉で倒れていた。

乗邑が忠音の分も働かねば、忠音は浮かばれない。

「忠音殿は忠光のことをずいぶんと買いかぶっておられましたな。ですがあれはまるで側用人でございます。側用人など、二度と置かれてはなりませぬ」

「ああ、分かっている」

「比宮様が御懐妊あそばして、忠光は一挙八百石に御加増を受けました。たかだか三百石が、二倍半。これがそれがしであれば十五万石になった勘定でございます。世間は飢えておるというに、恐ろしい世でございます」

「そうか、そなたは六万石であったな」

吉宗が瞼を押さえつつ、口許だけに笑みを浮かべた。

「じゃがのう。五百石は五百石じゃ。二倍半などと言うてやるな。乗邑が二倍半となれば幕府にとっても大ごとじゃが、五百石では二親の暮らしが多少潤うくらいのものであろう。忠光は寝食を忘れて家重に仕えておるゆえ、老いた親など置き去りにされておるのではないか」

ふと乗邑も、忠光にも親があるのだなと思った。だがまあそれは当たり前のことだ。

「乗邑は側用人などと申すがな。そなたこそが、それになればよいではないか。老中が将軍の側用人となり、忠光はただ家重の口代わりを務める。彼奴はそれ以上のことは望んでおらぬぞ」

乗邑は黙って聞いていた。どのみちもう家重があの体たらくでは、九代は宗武だ。あとは廃嫡となる家重に無用な疵がつかぬようにするのが幕閣の務めだろう。

「先般、それがしは宗武様から、上様の貨幣改鋳についてお尋ねを受けました。まこと、あの御方は聡明におわします」

来年、吉宗は貨幣を新しくする。大坂商人の力の源である銀の価を低くし、それによって金の相対的な値打ちを上げる。

「昔から宗武様は、幼いながらに上様の御改革に関心をお持ちでした。上様が米の蓄えを増してゆかれるのを、今いかほどじゃ、前の年よりどれほど増したと、それは熱心にお尋ねでございます」

乗邑が大坂にいた時分の幕府は給米さえも払えなかったのだ。加賀藩に十五万両もの金を借りたこともあったが、それが曲がりなりにも諸国に米を貸せるまでになった。

「乗邑のことじゃ、同じ話は家重にも聞かせたのであろう。彼奴は、どうであった」

吉宗は脇息に寄りかかったまま、気もなさそうに尋ねた。

察しの通り、なにも宗武が自ら進んで聞いてきたわけではない。乗邑が話を向け、さも面白そうに語るから宗武が興に乗るだけのことだ。幕政を改革し、国を富ませていくことに面白みを見出すほどには宗武は利口ではない。

「年貢米が増したと申しますと、どうもお顔を歪められますな。幕府の実入りなど、毛頭ご興味はおありにならぬ御様子でございました」

「そうか。年貢米など、百姓から搾り取ったに他ならぬゆえな。彼奴は生来、憐れみ深い質じゃ」

乗邑はため息が出かかった。それこそが家重の悪癖なのだ。

「九代様をお考えあそばすよりも、今は上様にこのまま御改革を一年でも長く続けていただくことが肝要かと存じます」

新潟の紫雲寺潟《しうんじがた》も十年以上かかって新田となり、あれだけでも幕府は二千町歩近い実入りを増やした。吉宗の世が続くかぎり、これから次々に改革の成果は上がってくる。

「そなたももう江戸で十二年か」

「左様にございます。そのように上様がうつむいておられれば忠音殿もこの世に御心を残されましょう。忠音殿の不惜身命、それがしは身に沁みましてございます」

「そうじゃの。そろそろ公事についても幕府の法を示さねばならぬ。忠音が、だいぶ纏まってきたと申しておったのにな」

商人どうしの争いが増え、吉宗は十年ほどかけて老中と三奉行に従来の裁きについて先例をあたらせていた。法とそれに伴う刑罰、さらには実際に訴えるとなったときのやり方を、幕府として公事方御定書《くじかたおさだめがき》にまとめるつもりなのだ。

「忠相と親しいゆえ、取りまとめは忠音にさせようと思うておったのだがな。明日からはそなたが代われ」

「畏まりました。では早速」

吉宗はうなずいて、ふたたび瞼を押さえた。

廊下を戻るときは乗邑も涙が湧いた。一昨日の下城のときは傍らに忠音がいたのである。だが道半ばだった忠音の分も、己は立ち止まるものか。

乗邑はそう決意して目尻を拭った。


乗邑が二之丸のお幸《こう》の方に呼びつけられて四半刻が過ぎていた。その間、お幸の方は一言も口を開こうとせず、乗邑は手持ち無沙汰で己の眉を揉んでいた。

お幸の方は比宮に従って江戸へ来た公家の女で、七年前に家重の嫡男を挙げていた。乗邑が蟇目役《ひきめやく》をつとめたその嫡男はわずか五歳で吉宗が元服させ、家治《いえはる》と名乗っていた。

かねがね吉宗を家康にも勝ると考えてきた乗邑にとって、家治は非の打ちどころのない将軍家の嫡孫だった。これで吉宗の後継についての憂いはほぼなくなったと言ってもよかった。

育つにつれて家治はいよいよ周囲から抽《ぬき》んでて、聡明さはもちろん、将軍に相応しい資質に人を魅了する容姿まで兼ね備えていた。吉宗が夢中になるのも当たり前のことで、このところの吉宗は幕閣たちと話をするときも家治を膝に乗せていることがあった。

それだというのに――

ようやく口を開いたお幸の方は、思った通り、別の女が家重の第二子を懐妊した憾《うら》みを語り始めた。

つくづく乗邑は女というものが謎だった。家重の心が別の女に向いたと嫉妬するならまだしも、お幸の方の話の肝は、まだ生まれてもおらぬその第二子に家治の地位が脅かされるというのである。

いったい女とは気が長いか短いか、どちらなのだろう。第二子が男として、恙《つつが》なく育ち上がるとして、いくつになればあの家治を飛び越えて自ら将軍に就こうなどと謀り始めるのか。あもう、そのとき己は八十か、九十か。だいたいあの家治を退けようとする者などあるものか。ただ乗邑は新しく気づいたこともあった。お幸の方は家重の将軍襲職には関心がない。ただ家治が一日でも早く将軍になれば、他に望みなどはないのである。

そして自らの栄耀栄華は爪の先ほども思っておらぬというのは、なかなか見どころがあった。ただの贅沢三昧、金食い虫の大奥と違って、一途に我が子の将軍襲職を願うお幸の方の言い分は真っ当ではある。

「それがしは、なにゆえお幸の方様がそこまでお案じになるのかが解せぬのでございますが」

「それは乗邑殿が忠光殿のことをお忘れのゆえじゃ。忠光殿は家重様の将軍襲職しか考えておりませぬ。ならば一人でも家重様の御子が多いほうが頼りになるではないか。そしてその中から、いずれご寵愛の女子の子が跡を継ぐのは目に見えています」

乗邑は失笑しかかるのを抑えて横を向いた。嫡男の筋が継ぐから将軍なのだ。今さら家治に兄ができるか。

「私は比宮さんの御遺言で家重様のおそばに上がったのですよ。ならば家治は比宮さんの御子も同然ではないか。その家治が将軍になって、忠光殿の他に腹を立てる者などおりますのか」

「お幸の方様、どうぞ御静まりを」

いっそもう座を立って帰ろうかと思った。

己が九十か百になったときの将軍など、知ったことではない。それよりもあと十年、ようやく改革の成果が出始めた今このときを存分に働かせてくれるならば、乗邑は最後にちゃんと、吉宗に起請文でも貰っておいてやる。

そうだ、しばらく黙っていてくれぬものか。あと十年、いやせめて五年、このまま吉宗の治世が続けば、九代は宗武を抜かして家治で落ち着くではないか。

「忠光殿は家重様を将軍にするために次から次へと女子を繋ぎましょう。ならば、このように遠ざけられてしまった私はどうすればよいのです。忠光殿が言うてくださらねば家重様には会うことも叶わぬではないか」

「それは聞き捨てなりませんぞ。忠光が家重様の奥にまで口を差し挟んでいるとでもお考えですか」

お幸の方はぷいと顔を背けた。

「比宮さんの遺言をお伝えするのに、私には他に道がありませんでした」

「お幸の方様……」

乗邑ははじめてお幸の方の言葉に耳を傾けた。

「私が何も言うことをきかぬようになったゆえであろう。私が家重様よりも家治のことを考えるようになったゆえ、忠光殿は私が気に入らぬのじゃ」

乗邑は急に目が覚めた。

忠光というのは控えめで大人しい顔をして、家重を将軍に就けるという信念だけは片時も忘れたことがない。忠光は幕府の政も、この国の先行きも、下々の武士の暮らしを立ちゆかせることも考えてはいない。抜かりなく良く回る頭で、まっすぐに家重の将軍襲職だけに狙いを定めている。

忠光が小姓になって間もない頃、乗邑は忠光を試したことがある。家重を汚いまいまいつぶろだと言って、忠光がどうするか確かめたのだ。

だが忠光は何もしなかった。吉宗どころか、家重にさえ伝えた気配はなかった。多分、それで乗邑を退けることはできぬと考えたからだろう。

乗邑は忙しなく思い巡らせた。忠光が家重の奥を差配しているとすれば、それは政を私する佞臣《ねいしん》そのものではないか。

ならば九代将軍を云々する前に、忠光だけは遠ざけねばならない。

「お幸の方様。忠光の手引きで家重様の奥へ上がったなどとは二度と仰せになってはなりませぬ。家治様の御出生に疵がつきかねませせぬぞ」

「ですが、乗邑殿」

家治が生い立つにつれて、乗邑は家重が九代に就くのも妙案だと考えるようになっていた。吉宗が将軍を長く務めれば、九代はわずか三、四年のことだ。ああもう家重でも宗武でもかまわぬと、田安家へ行くたび、吹上御殿へ顔を出すたび思ってきたものだ。

だが家重には忠光がいて、忠光は丁寧に布石を打っている。家重が将軍になるということは、忠光もまた並び立つことだからだ。

乗邑は一つずつゆっくりと考えた。やはり吉宗にあと十年、将軍を務めてもらうのがなによりだ。そのときなら家治はもう幼君とは呼ばれない。

これからの十年で、吉宗の改革は成果が出始める。最後の十年、乗邑は幕府の立ち直る姿を見届けて吉宗とともに去る。そのとき家治が九代に就けば、乗邑は清廉で豪腕の老中として名を残すことができる。

乗邑は上段の女を見つめた。

人はときに霧のかかった将来を見つめて悲嘆に暮れる。だが得てして己が思うよりも大きな幸いが待ち構えているものだ。

「お幸の方様が考えておられるより、家治様の将軍襲職はお早いかもしれませんぞ」

乗邑は己が大坂を去ったときのことを思い出していた。

明くる年の三月、乗邑は一万石の加増を受けた。老中に就いて二十二年の歳月が流れ、幕府は昨秋、未だかつてない豊かな年貢米を得た。享保の改革の初めには幕臣の口減らしまで考えていた幕府が、家康の時分とはいかぬまでも、どうにか蓄えを持てるまでには立ち直ったのである。

吉宗は六十二歳となり、将軍に就いて節目の三十年を迎えていた。二つ年下の乗邑ともども身体は壮健で気力も衰えず、乗邑は最後の十年で新恩分の働きを返そうと決意を新たにしていた。

前月には家重に無事、第二子となる男子が生まれていた。お幸の方の内心は措くとして、家重は子を授かるごとに廃嫡を取り沙汰されることが減るようになっていたから、家重の将軍襲職のために忠光が子を儲けさせようとしているというその言葉は正しかったのだ。

「いつお声をかけても、つれないお返事ばかり。いっこうに来てもくださらぬ。今日は御目にかかれて、妾《わらわ》も久方ぶりに晴れやかな心地じゃ」

その日、乗邑は吹上御殿へ来ていた。月光院はもう六十一という老婆だが、その鶴の一声で吉宗の将軍就任が決まったともいわれ、奥のすべては月光院の了承なしには動かなかった。

「いやはや、それがしは比宮様に、御子ができずともお気になさるなと申して御不興を買いました。以来、奥御殿にはできるかぎり近寄らぬようにしております」

かつて比宮にそう言ったのは月光院に命じられたからだが、あれは乗邑の本心でもあった。ともかく今も己は月光院の命でなんなりと働くと言ったつもりだった。

月光院のそばには宗武がくつろいだ様子で座っていた。歳は三十一だが、会うたびにこれほど整った顔立ちもあるまいと、つい見惚れた。

これでは奥がうるさいのも道理だが、とりわけ月光院は形の上では曽孫《ひまご》となるこの宗武を大層可愛がっていた。

亡き浄円院が家重のほうに肩入れしていたせいもあるだろうが、宗武は何かにつけ女との接し方が巧かった。目端が利くのは吉宗譲りだが、これは吉宗でも遠く及ばぬことだった。

「今年は上様が将軍職に就かれて三十年じゃ。秋に退隠なさる由」

乗邑は月光院の何気ない言葉に苦笑が浮かびかけ、はたと口を引き結んだ。

秋までは半年、ならば明日にでも老中たちに宣下があってもおかしくはない。代替わりという、大奥が実は最も口を差し挟む城表の一大事は、吉宗ならば幕閣より先に大奥に話す。将軍から先に聞いたとなれば、女たちはこのように、老中に対しても面目が立つからだ。

「それは、まことにございますか」

「まことも、まこと。上様が吹上御殿までお運びになった」

「では、九代様は」

「分からぬ」

月光院はぷいと横を向いた。

いくらなんでも家治はまだ九つだ。父が健在というのに、童が飛び越えるはずはない。

だが表では家重の将軍襲職には異を唱える者が多い。なにより老中首座の乗邑がずっと反対している。だから吉宗は乗邑にさえも話さなかったのか。

「それがしはあと十年、上様の御世が続くと考えておりましたが」

「もはやそれはない。上様が仰せ出されましたゆえ」

乗邑は震えが来た。

節目の三十年。改革にある程度の目処をつけた吉宗ならば、それを区切りに退隠するのは自然なことだ。

だがこれから、ここからの十年が改革の成否を分けるのだ。幕府の米蔵はようやく満ちてきたばかりではないか。

「乗邑殿。次の将軍はどちら様じゃ。宗武様か、家治様か」

乗邑はぼんやりと月光院を見返した。

この女は莫迦ではない。大奥を仕切り、七代家継が死んで約三十年が過ぎても権勢は翳ってもいない。

だが――

「月光院様。次が家治様ということはございませぬ。家重様か、宗武様かでございます」

宗武はぴくりと鼻先を膨らませ、わずかに身を乗り出した。

「乗邑殿、そなたはまさか」

乗邑は手のひらを突き出して月光院の言葉を遮った。

「九代様は宗武様でなければなりませぬ。なにせ我らは未だに一度として家重様の御言葉を聞いたことがない。すべて忠光の言葉にございます」

忠光は己の望みを叶えるために奥へ女を送り込んでいる。正面から政で関われぬ者がつねに用いる手だ。

「上様の御改革はこれからの十年が正念場でございます。九代様は我ら幕閣を存分に働かせ、上様の御改革を仕上げてくださる御方でなければなりませぬ」

口をきくこともできぬ将軍など論外だ。

「儂が将軍となれば、乗邑には今のまま老中首座を務めさせる」

「忝うございます」

この乗邑が地位を望んでいると思うならば、それはそれでかまわない。六十にもなった乗邑が今もなお栄達を望んでいるとは、なんと情けない思い違いをされるのか。乗邑はもう二十年も吉宗の改革を担い、老中首座にまで任じられている。とうに名も通り、新恩一万石ですら不要なほどだ。己が幕府に米を蓄えたという満足に勝る喜びはない。

どうしてあと十年、せめて五年、吉宗は待ってくれないのだろう。己は吉宗の下で働きたい。

だが吉宗はもう決めたのだ。

将軍に就くことしか考えておらぬ家重に改革の仕上げなどできるものか。しかも家重には忠光がいる。次が宗武では不足だが、吉宗の後となれば誰でもその憾みはあろう。

「万が一、上様が家重様になさると仰せになれば、それがしは命を賭して諫止《かんし》いたします」

「私は何をすればよい、乗邑」

乗邑は穏やかに首を振った。

「宗武様はどうぞ御覚悟をお決めくださいませ」

「覚悟とは」

「上様の改革の道筋を一歩もお退きにならぬ覚悟です」

「ああ、承知した」

宗武は易々と、即座に応じた。

もしも成らなければ乗邑は死ぬことになる。そのとき乗邑に切腹を命じるのは吉宗ではなく家重の傀儡師、忠光なのだ。

乗邑は拳を握り込んだ。あとは乗邑がそのとき臆さず口を開けるか、その覚悟を固めるだけだった。

三

延享二年（一七四五）十一月、家重が九代将軍を宣下された。吉宗は大御所となって西之丸へ移り、それとともに宗武、宗尹《むねただ》の弟二人は三年間の江戸城登城禁止を命じられた。

吉宗の御庭番を務めた万里は、吉宗が退隠したとき正式にはその御役も終わった。新しく将軍に就いた家重には隠密を用いる術がなく、もとから万里の顔も一切知らない。万里はかつて浄円院が江戸へ移るとき御徒頭を務めたただの侍として、御庭番としては吉宗の私用のみを果たすつもりでいた。

吉宗の下で十五年にわたって老中首座を務めた乗邑は、家重が将軍宣下を受けた後に老中を罷免され、出仕停止、隠居となった。春に加増された新恩一万石は品川の広大な役宅とともに没収が決まり、八丁堀の屋敷に蟄居《ちっきょ》させられた。

その家禄六万石は嫡男が継いだが、出羽山形に転封されることになり、屋敷では慌ただしく片付けが始まっていた。閉門とは異なるため屋敷には人の出入りが許されたが、乗邑は奥まった居室の障子を閉《た》て切って、下城して以来誰とも会っていなかった。

万里がそっと居室へ姿を現したとき、乗邑は寸の間、目を瞠った。だがすぐに薄く笑い捨てた。万里の素性も悟ったのか、何用かと短く尋ねた。

「大御所様が、内々に西之丸へお召しでございます」

ふと首をかしげたが、すぐ合点して立ち上がった。乗邑も、まだ吉宗が大御所と称される身になったことは慣れぬようだった。

坂下御門までは万里が駕籠の供をし、そこからは乗邑も歩いて御濠を渡った。そのとき右手の本丸にそっと目をやったが、足を止めることもなく御裏御門をくぐった。

吉宗は広縁に出ており、乗邑に気づくと黙って座敷へ入った。万里は乗邑が中へ入るのを見届けてその場に座った。

「よく来た、乗邑。ほんの三月だが、そなたとこれほど会わぬときはなかったのではないか。懐かしい古い友にでも会うたような気がするの」

「西之丸のお暮らし心地は如何でございますか。それがしなど、急に手持ち無沙汰になりましたが、なればなったで、それがまた妙にしっくり肌に合うております」

「そなたも儂も忙しすぎた。これからは互いに、あとは若い者に任せてな」

「左様にございますな」

乗邑は素直にうなずいた。

吉宗は大御所になると決めたとき、家重や幕閣たちを集めて、跡を家重に譲ると宣言した。その折、乗邑は宗武を九代にすべきだと抗って老中を罷免された。

半刻にも及ぶ乗邑にとって命がけの評定だったが、吉宗はどうにかそれを切り抜け、家重を九代将軍に就けた。

「そなたが九代を宗武にせよと申したときは、肝が凍えたわ」

「大御所様はいつから九代を家重様になさるおつもりだったのでございますか。もしや御元服あそばしたときからですか」

「ふむ。初手は家重が十になった時分かの。さっさと家重を将軍に就けて、儂が政を行うかと考えておったがの」

乗邑はむっつりと首を振った。

「それはなりませぬぞ。政の実権が退隠した将軍の下に移る前例となりましょう」

くすりと吉宗が笑った。

「誰彼そう申すと思うたゆえ、諦めたのじゃ」

だが、ということはやはり吉宗は初めから家重に譲るつもりだったのだろうか。

それなら乗邑は、そのつもりで家重の襲職に力を貸せばよかったのか。無論それは家重に取り入るためではなく、わずかでも吉宗の改革を進めるためだ。

「儂はこれでも家重の性分をじっくりと眺めてまいったつもりじゃ。彼奴ならば儂の改革の向こうを張ることもない。車の両輪となって駆けられると思うたゆえ、次は元服のときに九代にしてしまおうと考えた」

「ですがそのときには、忠光が現れておりましたか」

忠光が家重の小姓になったのは、家重の元服する半年前のことだ。

吉宗はうなずいた。

「あれでまた儂は、家重の襲職を先送りにした」

「此度は長うかかりましたな」

乗邑がにやりとして顔を上げると、吉宗も笑ってうなずいた。

忠光の出現で口がきけるようになった家重は、吉宗にとってこれまでとは全く異なる嫡男となった。ものを言わず、父に逆らわず、ただ人形のように座っているだけの飾り物から、己で人を差配する、父を超えて政を行いかねぬ将軍継嗣に変わったのだ。

そうとなれば吉宗は、忠光ぐるみで家重を判じなければならない。それも、これまで考えもしなかった面からもう一度見直すことになった。

「乗邑は結局、あの二人を信じられなかったか」

「その昔、浄円院様に家重様を廃嫡にせよと命じられましたゆえ」

吉宗が顔を大きくくしゃりとさせて苦笑した。

「母者はのう。途中で考えを改められたようであったぞ」

乗邑も笑った。考えてみれば、それは乗邑も同じだったかもしれない。だが乗邑は浄円院と違って遅すぎたのだ。

乗邑は一つ息を吐いた。もう乗邑は嫡男に家督相続も許され、これ以上の咎めもない。

「大坂城代を務めておりました時分、刺し違えてやろうかと思うたほどの両替商がおりました。胸の悪うなる音をたてる土車に乗って、どこへでも顔を出しました」

きっともうとうに死んだろう。乗邑は今やその名さえも思い出せないと言った。

乗邑は土車のその音も忘れた。だが男が去っても畳には車の付けた窪みが長々と残っていた、その跡だけはなかなか忘れられなかったという。

「それがしはかつて家重様のことを、汚いまいまいつぶろじゃと申したことがございます」

まいまいは身に余る大きな家を担ぎ、のろのろと葉陰を這って進む。

「まいまいの這った跡には尿の滴が残っておりましょう」

さすがに吉宗を恐れて、乗邑は目を閉じた。

「そなたはそれを、汗や涙と思うたことはないのか」

乗邑は目を開いた。吉宗が悲しげな顔をして黙って乗邑を見つめていた。

もしも吉宗が将軍などではなく一介の藩主であれば、乗邑もその大切な嫡男をこうも貶める
ことはなかったのかもしれない。

「そなたがそのように申したことを、儂が知らなかったと思うのか。だが大坂にそのような商
人がおったとは、儂は知らなんだのう」

「あの商人の侮りからそれがしを救うてくだされたのは大御所様でございました」

「家重にとっては不運だったが、そなたが儂と改革の世を走り抜けるには、その商人への恨み
が大きかったのであろう。その者のおかげで儂は一つ得をし、一つ損をしたの」

乗邑は心底感服したように頭を下げた。吉宗に対しては乗邑は生涯ずっとそうだった。

「儂の改革は、そなたがおったゆえに成ったのじゃ。新田を拓き、貨幣を造り替え、度重なる
天災を乗り越えた。どうじゃ、乗邑も思い残すことはあるまい」

「畏れ入りましてございます」

「結局、そなたに禄で報いてやることはできなかったが」

「譜代とはそのようなものでございます」

それでも乗邑はどうしても一つだけ、吉宗に尋ねたいことがあった。

「大御所様。なぜあと十年、少々の無理をしても将軍を務めてくださらなかったのですか」

もう十年、いや五年、ともに働かせてもらえたら、乗邑は次の将軍が誰になろうが一向にか
まわなかった。

「儂と乗邑では、あと五年が関の山じゃ。この改革はどうしてもあと十年、いや二十年が要る」

「二十年……。左様でございましたか」

乗邑はそこを読み誤った。

「家重様ならば、それがおできになりますか」

「ああ、できる。宗武ではなく、家重ならば」

吉宗は断言した。

乗邑の顔にも自然と笑みが浮かんでいた。

「大御所様。宗武様の身は如何なりましょうか」

将軍家では三代家光《いえみつ》が、己に取って代わろうとした実弟を切腹させている。

「しばらくの登城禁止で全て水に流すということじゃ。宗武にしても、いっさい咎められぬというのも、かえって落ち着かぬことであろう」

「いかにも、仰せの通りでございますな」

鳴りを潜められていては、宗武も生きた心地がしない。

「それがしは家重様という御方を見誤ってきたのかもしれませぬな。それがしこそ、あの土車のせいで一つ得をし、一つ損をいたしました」

乗邑はもう思いの晴れたような顔をしていた。

――そのほうが〝待った〟を入れたゆえ、まことの家重と家治を知ることができた。乗邑、礼を申すぞ。

あのとき吉宗はそう言って座を立った。

「大御所様のあのお一言で、それがしは腹を切らずにすみました。大御所様には、最後に命を救うていただきました」

「そう思うて、罷免も転封も許してくれるかの」

乗邑は会心の笑みでうなずいた。

「家治様もお見事でございました。老中の話は難しゅうて分からぬと、すっとぼけなさいましたな」

「全くじゃの。儂がぐうの音も出ずに押し黙っておったに、しれっとした顔でのう」

――私は子ゆえ、父上の言葉が分かります。

家治にそう言われてしまえば、覆せる者などいない。

だが乗邑は次の世のことは案じなくてよくなった。十代家治の聡明さまで、乗邑はその目で見届けたのだ。

「それがしの褒美は、大御所様の下で二十年余も働かせていただいたことでございます。しかもこうして拝謁まで賜りました。大御所様、生涯にわたってお導きを賜り、まことに忝うございました」

乗邑は涙を堪えて頭を下げた。

御裏御門の前まで来ると、乗邑は駕籠に乗る前にしばらく御城の本丸を見上げていた。

それからゆっくりと万里を振り向いた。

「そなたが御庭番か」

乗邑はつくづくと万里の顔、そして足先から髷までを眺めた。

「儂がまいまいつぶろと申したことは、そなたが大御所様に告げたか」

万里は黙ってにこりとした。

「そなたに一つ、頼みがある」

そう言って乗邑は駕籠に乗った。


忠光の屋敷は隅田川に近い浅草にあった。

忠光自身は家重の将軍宣下で小姓組番頭格になっていたが、禄高は八百石のままである。ほとんど御城を離れぬ務めぶりだが、誰が加増の話を持ち出すわけでもなく、なにより当人がそれを望んでいなかった。

万里は一度聞いたことがある。

――そのようなことをしていただいては、御側におれぬようになりかねませぬ。

忠光が家重に懸命に首を振っていたのだが、あれはたぶん加増か屋敷替えを謝絶したものだった。

そうして忠光が小姓となって二十年が過ぎたが、相変わらず登城には駕籠も使わず、御城の裏門を出て浅草まで徒で戻っている。御城下でもできるだけ目立たぬように、つねに俯いて歩いていた。

大岡家の門は忠光がいつ出入りしても開け閉てせずにすむように、夕刻までは開いてあった。庭には葉を落とす木が多く、花や実をつけるものはない。万里は晩夏に一度覗いたことがあるだけだが、まだ暑い最中でも忠光の父親は塵一つ残さぬように掃除のようなことをしていた。

乗邑を乗せた駕籠が門の前で停まると、真っ先に忠光の父、忠利《ただとし》が来客に気がついた。やはり庭に出ており、門の外の気配に駆け出して来た。

「どうぞ、お上がりくださいませ」

乗邑の名も告げぬうちに、忠利は駕籠の傍らに手をついていた。

乗邑は少し驚いた顔で駕籠を降り、そのまま忠利について座敷へ上がった。

忠利は当然のように下座にうずくまった。

「前の老中、松平乗邑様にございます」

万里が告げると、忠利はびくりと肩を震わせた。額を畳に擦りつけるようにしてひれ伏したまま、まったく顔を上げようとしなかった。

「突然の訪問を許してくだされよ。どうしても一度、忠光殿の父君に御目にかかりとうて参上した次第」

忠利というのは手足の長い、痩せた侍だった。歳は五十半ばといったところだが、白い髷は綺麗に梳《す》いてあり、衣服もさっぱりと清潔な感じがした。

「お顔を上げてくださらぬか」

その言葉でついに頭を上げた。

血の気の引いた青ざめた顔をしていた。緊張で息が乱れるのか、胸が大きく上下している。

「大岡忠利にございます。このたびは息、忠光が大変ご迷惑をおかけいたしました。まことに面目次第もございませぬ」

それだけ言うと、また深々と頭を下げてしまった。

乗邑も、はてという顔つきで供の万里のほうを顧みた。

「忠光は、もう旅立ったのでございましょうか」

「旅立つ……」

乗邑と万里はいよいよ顔を見合わせた。

「畏れながら、息子に申してやりたいことがございます。どうぞ御慈悲を賜り、息子の魂を慰めて後の切腹をお許しくださいませ」

そのとき乗邑が口を開いた。

「もしや忠利殿は、儂を上使と思うておられるのであろうか」

「左様に心得ております」

「なるほど。ならば、どうか面をお上げくだされ。まったくの思い違いでござる。儂は忠利殿に切腹を命じる使者ではござらぬ。忠光殿とて、切腹などなさっておられませぬぞ」

忠利は弾かれたように顔を上げた。

そのとき乗邑が満面の朗らかな笑みを浮かべた。万里は乗邑がこんな顔をするのは初めて見た。

「それは、まことにございましょうか」

「まことにござる。切腹を賜るどころか、ちかぢか御加増があろう。家重様が将軍となられたのは忠光殿のお働きではないか」

「滅相もございませぬ」

細い悲鳴のような声でそう言うと、また頭を下げてしまった。

「どうか頼みますぞ、忠利殿。儂はそなたと話がしとうて参ったのじゃ」

さすがに忠利は静かに頭を上げた。

「なにゆえ、儂を切腹を伝える上使などと思われたのか。さてはこの顔が獄卒にでも見えたであろうか」

乗邑は不器用そうに自らの頬を撫でている。

「いえ。ただ御城から御使者が来られるときは、忠光が死を賜った折だと存じておりましたので」

「それは何ゆえに。そのようなことは滅多にあるまいと存ずるが」

しかも今は家重が将軍に就いたばかりなのだ。忠光の手柄がとにかく大きいことは、忠光の家族ならば尚のこと分かっているはずだ。

「確かに上様の奥小姓などを務めておれば、死とは隣り合わせともいえる。身内とはいえ、突如死んだと知らされることもあるかもしれぬ」

「それは忠光が御城に上がっておりますからには、我らは覚悟の上でございます」

「いや、儂とても老中に任ぜられたときは同じであったが、忠光はただの小姓ではないか」

「身の程も弁えず、申し訳ございませぬ。ただ我らには御城など想像もつきませず、最後はきっと会うこともできぬのであろうと」

「しかし、こと忠光殿にかぎっては、父君までが連座されねばならぬ罪など犯されるはずがなかろうに」

さすがの乗邑も口ごもっていた。

「いやしかし、切腹を賜るとなれば、そのようなものかもしれぬな。濡れ衣を着せられ、当人が申し開きもできぬままに家族は死んだと知らされる。そうか」

乗邑は独りごちている。

「忠利殿」

「はい」

「儂は家重様の廃嫡を願うて、さまざまに画策してまいった。此度それが露見して、老中を罷免されましてな。実は、もはや忠光殿に何ぞ仕掛けられる身分ではない」

忠利はただ黙って目を伏せている。

「長く老中を務め、最後は老中首座にあった。その間ずっと、忠光殿がいつ側用人に化けるかと疑い、行く手を阻み続けた」

乗邑は眉根を寄せてしばらく目を閉じていた。そして思い切ったように口に出した。

「だが一度として、忠光が伝えた家重様の御言葉を、嘘偽りじゃと疑うたことはなかった。ただ、次は分からぬと用心しておっただけでな」

きっとそれは真実だ。乗邑はたとえ明日のことは疑っても、忠光が伝えた家重の言葉を否定したことはなかった。

「ただ儂は、深用心が過ぎましたがな」

忠利は目を潤ませた。

「それはまことに、忝うございました」

そう言って深々と頭を下げた。


大岡家を出て一つ目の辻を曲がったとき、乗邑は駕籠を停めさせて自ら引き戸を開いた。

傍らを守っていた万里は膝をついた。

「そなた、表の名は何と申す。きっと儂が屋敷に帰り着いたときには姿を消しておるのであろう」

万里は微笑んだ。さすがに些細なことまで読みが鋭かった。

「青名半四郎と申します。つねは大手門の護衛を仕っております」

「そうか。大岡忠利殿、立派な御方であったな」

「はい。まことに」

「忠光が罪など犯しておらぬことは分かっている、それゆえ安心して先に行けと忠利殿は仰せになるつもりだったのであろう」

万里もあのとき、そう思った。

「忠利殿は決して忠光を疑わぬ。忠光もまた、忠利殿に恥じぬように務める覚悟で小姓になったのだな」

万里はしみじみうなずいた。

「今日は儂が勝手に詫びたかっただけじゃ。そなたのお陰でそれが叶うた。礼を申す」

「畏れ多うございます」

乗邑は御城を見上げていた。

「儂にはしょせん家重様の下で働くことはできなかったろう。士として、儂は儂で存分に働いた。今のような身になっても悔いはない」

だが一つだけ、乗邑は悔やむことができてしまった。

「もしも悔いておるとするならば、もっと早く、初めに忠利殿に会いに行くべきであった」

乗邑というのは独りごちることの多い侍だった。自らに得心させるようにそう言うと、そっと万里を振り向いた。

「大御所様を頼んだぞ。存分に働け」

乗邑は静かに駕籠の戸を閉めた。

次の将軍

一

万里が供侍として本丸中奥へ来たとき、吉宗は膝に竹千代《たけちよ》を乗せて広縁に出ていた。暖かい春の午《ひる》のことで、吉宗は御庭に向けて将棋盤を置き、竹千代に好きに駒を並べさせていた。

竹千代とは五歳になる家重の嫡男である。吉宗は先ごろ竹千代を生母のお幸の方ともども二之丸へ移らせ、秋に元服させるつもりをしていた。西之丸で暮らす家重とその御用取次見習、忠光にはこれといった不足もなく、家重の上の弟、宗武には新しく田安家を創めさせていた。

どうやら九代将軍は家重で決まりではないか。万里はぼんやりそんなことを思いながら広縁の角に腰を下ろした。

竹千代は大病もせずにここまでになり、目を瞠るばかりに聡い童である。口さがない幕閣や大奥の女たちは、九代はともかく十代は竹千代君で決まったなどと言うようになっていた。

「半四郎、かまわぬ。もっとそばへ来て、そなたも眺めてみよ」

吉宗は表務めをしているときの万里を御庭番の名で呼ぶことはない。一切呼び間違いをしないのはさすがだが、当の万里のほうがうかうかすると己のことだと忘れてしまった。

陽気のせいで重い瞼に力を入れて、万里は膝行しつつ傍らへ行った。

盤を覗き込んだ途端、驚いたあまりに息を呑んだ。竹千代は自らの駒を早々と並べ終わり、相手方の駒を器用に逆さまに置いていた。

「竹千代様はなんと、もう将棋がおできになるのでございますか」

「うん。父上に教えていただいた」

竹千代が賢そうな笑みを浮かべて顔を上げた。ふわふわの羽二重餅のような頰に、うっとりするほど整った愛らしい目鼻立ちである。

「左様でございますか、家重様に教えていただかれましたか」

家重と竹千代が愉しそうに将棋盤を挟んでいるのは、万里も幾度か目にしたことがある。そんなときは忠光も少し離れて二人を見守り、全く通詞はしない。

と、竹千代が不安げに吉宗を振り仰いだ。

「忠光はときどき私にも父上の御言葉を伝えてきます。でもあれは父上が仰ったということですよね」

「ああ、そうじゃ。竹千代はたしかに父上から教わっておる」

竹千代はにっこりした。

「父上は私のように小さいときには、まだ将棋を知らなかったと仰せでした。だから私は、励めば父上よりも強くなると言ってくださいました」

「そうか。家重がそう申すならば確かであろう」

吉宗は蕩《とろ》けそうな笑顔である。

万里の知るかぎり、父親の家重はここまでの顔はしない。だが元来が子供好きで子煩悩でもある吉宗は、竹千代のこととなると、謹厳な幕閣も揃って苦笑するほど手放しの可愛がりようだった。

「それにしても竹千代はさすが、家重の子じゃな。どうやら大層な将棋好きとみえる」

「はい。父上は、強くなるには棋譜を覚えるのが一番だと仰っていましたよ」

竹千代が家重に懐いているのも、吉宗にとっては嬉しいことだった。

家重は世の父親のように武芸の鍛錬をするわけでもなく、ときには裲襠で袴を膨らませている。だが竹千代は歳よりずっと大人びて周囲の目にも惑わされぬから、自ら進んで家重の杖代わりを務めることもあった。

おかげで近ごろは誰も、竹千代の前では家重を侮る素振りは見せられなくなった。

「御祖父様。父上が忠光と将棋をなさるときは、私が父上の駒を動かしています」

「ほう、それは家重も喜んでおるだろう。竹千代はもう駒の動かし方がしっかり頭に入っておるゆえな」

竹千代は喜んで吉宗の膝で小さく跳ねる。そんなところは五歳の童らしい幼さで、吉宗はもちろん、万里までつられて竹千代の頭を撫でたくなってしまう。

「でも忠光はとても将棋が弱いのです。前は忠光が父上の駒も動かしていたので、両方考えるせいかなと思っていました。でも私が動かすようになっても、やはり弱いままです」

くすりと万里は噴き出してしまった。五歳の子に弱いと言われる忠光は、いったいどんな将棋を指すのだろう。

「だがなあ。竹千代が駒を動かすというても、いちいち相手の手を告げるのは、そのたびに気が散ることだぞ」

「いいえ。竹千代が父上の言葉を聞き取るので、忠光はずっと黙って将棋を指しているだけです」

万里が見返すと、竹千代は一心に吉宗の顔を見上げている。

「本当です、御祖父様。父上も、いつもそれで合っていると仰せになります。でも私が通詞をしてよいのは将棋のときだけだと、父上に止められているので」

なにゆえですかと、竹千代はつぶらな目をぱちぱちとさせた。

「そうか、家重がそのように申したか。ならば竹千代が父上の言葉を解しておるというのは真実じゃの」

「どうして分かるのですか」

「忠光はずっと口を閉じておるのだろう。だというのに竹千代は、将棋のほかは通詞をするなと父上が仰せになったのが分かったのじゃな」

「はい。私がじかに聞き取りました」

竹千代は嬉しそうに吉宗の襟に小さな手を伸ばした。

吉宗は大切そうにその手に自らの手を重ねた。

「父上が他所《よそ》では通詞をしてはならぬと釘を刺されたのは、他所でもできるということだ。他所でできぬならば、わざわざそのように仰せになることはないからな」

竹千代は吉宗の膝から飛び下りると、丁寧に正座をして吉宗の前に向き直った。

「御祖父様は私の言うことを信じてくださるのですね」

吉宗は笑って力強くうなずいた。

「そうか、誰も信じてくれぬか。ちゃんと聞き取っておるのに信じてもらえぬとは、竹千代は辛いなあ」

「はい。でも父上とお話ができるので、私は我慢しています」

吉宗が目を細めた。

「ならば竹千代は、忠光の気持ちも分かるのではないか」

「はい。忠光はさぞ悲しいと思います」

万里は密かに感心した。竹千代は十分に順序立ててものを考えることができている。

「では竹千代は、忠光が皆から勝手に話を作っておると疑われているのも知っておるのだな」

やはり竹千代はこくんと、はっきりうなずいた。

吉宗は満足げに竹千代の頭を撫でた。

「そなたが家重の言葉を分かると知れば、皆がそなたに確かめにやって来るぞ。だが竹千代はいつも父上のそばにいるわけではないいな」

「忠光はいつも父上のそばにおりますね」

「そうだ。竹千代は、忠光の大変さも分かっておるか」

「はい」

「それは大したものじゃの。では尋ねるぞ。家重の話には、そなたが聞いたこともない難しい言葉はなかったか」

公事方、勝手方、御定書と、吉宗は今もっとも自らが関心をもっている言葉を並べた。この五年、率先して編纂にあたっていた公事方御定書がほぼ完成する寸前にまで近づいていた。

「父上がそのような言葉を口にされたとき、竹千代は年寄たちに分からぬと申すのではないか」

「はい。でも……」

竹千代は長い睫毛の目で何か考えつつ吉宗の次の言葉を待っている。

「さてそのとき、年寄どもはどう思うかな。竹千代の知らぬ言葉とは思わずに、家重があやしいと疑うのではないか」

「忠光が困りますか。忠光まで同じように思われるかもしれないから」

吉宗はぱっと笑みを弾けさせて膝を打った。

「その通りじゃ。竹千代はまこと、賢い子じゃの。よいか、それゆえ父上は将棋のことだけをそなたに任せておられるのだ。駒ならば、そなたはどんな難しい言葉も字も知っておる。それゆえ、さしもの年寄たちも勘繰ることはない」

竹千代は誇らしそうにわずかに頬を染めた。

「将棋のときは、私は父上のお役に立っていますね」

「ああ、その通りじゃ」

吉宗はそっと目頭を押さえた。

「そなたは父上が好きか」

「はい。父上はこの前も、松島《まつしま》よりも早く、私が腹が痛いのを分かってくださいました。私が怒っているときは、いつも母上より先に父上に分かってしまいます」

松島とは竹千代の乳母である。

「ほう、竹千代にも機嫌の悪いときがあるのか」

「当たり前です、人とはそういうものです」

吉宗が思わず万里を振り向いて、二人で同時に笑い出してしまった。

「そうか、そうか。竹千代は一端の大人じゃの。ならば近いうちにそなたが家重の通詞をして、儂と家重で将棋を指してみるか」

竹千代はわっと立ち上がって跳びはねた。

「約束でございますよ、御祖父様。でもきっと父上がお勝ちになります。私は父上より将棋が強い者を見たことがありません」

「ふうむ、それは儂も負けられぬな。よし、そなたは今から西之丸へ行ってな、儂が明日、将棋を指しに行くと父上にお伝えせよ」

「かしこまりました!」

元気のいい声が廊下に響いた。

竹千代は作法通りに手をついて頭を下げると、御側を急かして駆け出して行った。

やがて小さな足音が消え、広縁はまた鳥の囀《さえず》りだけになった。

「本当に御言葉を解しておられるか、探りますか」

万里が尋ねると、吉宗は首を振った。

「幼子というものは幼子どうし、何か喋り合うておるではないか。あの類いであろう」

「はあ。なるほど」

たとえそうでないとしても、家士たちの目にはそう映る。父の呂律《ろれつ》が回らぬのをその幼子が代わって伝えるというのは、眉をひそめる幕閣のほうが多いはずだ。

ならば竹千代が家重の言葉を解するというのは、表では良いことは何もない。だから家重も他所では通詞をするなと禁じたのだろう。

「ですが家重様もお幸の方様も、さぞお喜びでございましょう」

「そうじゃの」

家重とお幸の方は、竹千代が生まれてからはあまり仲が良いとは言えなかった。ただ吉宗も関心がないようなので万里は探っていない。

「それにしても、どうじゃ、儂は幼子と上手に遊ぶであろう」

「はい、まことに。子煩悩におわすと、伊達に失笑を買っておられるわけではございませぬな」

吉宗はふんと鼻で笑った。

「それゆえ、そなたのことも見抜いてやったつもりだがな」

「ああ、左様にございました」

「まだ十歳ばかりだったかな。江戸市中の町の名、筋の名、ことごとく頭に入っておったのには驚嘆したわ」

「なんと忝い仰せ」

万里は目が覚めたように思い出した。

己は今の竹千代とさえ比べものにならぬ、歳よりもずっと物を知らぬ童だった。紀州藩邸へ行くたび、十にもなって吉宗の竹馬を借りて遊んでばかりいたものだ。得意げに片足跳びをしてみせながら、今日はこれからどこへ行く、昨日はどこを売り歩いていたと、吉宗に問われるままに答えていたのではなかったか。

それがあるとき筆を持たされ、歩いた道を絵図にしてみよと言われた。

万里は仮名なら見よう見まねで書くことができたから、懸命に筆を走らせた。だがあのとき吉宗は文字よりも、道や辻が遠くまで正しく交差していることを褒めてくれた。

そうして江戸市中の絵図ができた頃だった。吉宗は自ら筆を執り、余白に二文字を書きつけた。

――万里？

顔を上げると、吉宗が真剣な眼差しで見つめていた。

――儂を手伝うというならば、そなたにはこの名をやろう。

万里は即座にうなずいた。そんな名の馬を賜ったような気がしたのだ。己の二本の足で駆けるよりも、その名の馬ならばもっと速く遠くまで行くことができる。

「まこと、お見逸れいたしましてございます」

万里はしみじみ感服して手をついた。

あのとき万里は、吉宗というのはこの世の全てを見通していると思った。そして今もまだ、ふとそう思わされるときがあった。


秋、吉宗は竹千代を元服させて名を家治と改めさせた。家治は遺漏なく次々と儀式をこなし、魔払いの蟇目役を務めた老中首座、松平乗邑もつくづく感じ入っていた。

吉宗が家治をここまで早く元服させたのは、やはり家重を次の将軍にするためだったろう。九代様はともかく十代様はと皆が言うならば、さて十代が家治ならば九代は誰にすると、吉宗から皆に問い糾《ただ》しているような気配があった。

だがちょうど年が明けた頃からだろうか、家治は疳《かん》の虫がついたように激しく夜泣きをするようになった。

「最も狼狽《うろた》えておられるのはお幸の方様でございます。家重様が二之丸においであそばすと決まって疳の虫が起こるとやら、じかに家重様に仰せになりました」

お幸の方はもとは家重の正室の侍女をしており、その正室が死んだ後、家重の側室に迎えられた。そのせいか初めはほとんど口もきかぬ大人しい女だったのだが、家治が生い立つにつれて少しずつ変わり始めていた。

「家治は出来過ぎの子であったゆえ、お幸もようやく、世の女親のような目に遭うたということじゃな」

これまで家治は癇癪の一つも起こしたことがなく、病といっても腹下しや風邪程度だったのだ。

だがお幸の方がそう言って以来、家重は二之丸へは足を向けぬようになった。

「それにしてもあの家治が、元服ごときで荷が勝ったとは思えぬのだがな」

「ですが家重様と将棋をなさった折に最初に大泣きなさったというのは、どうやら事実のようでございます」

万里もその場に居合わせたわけではないから又聞きである。ただ家重もそれには驚いたようで、あとから忠光と何やら話し込んでいる姿は見た。

「なるほどな。おおかた、家治は家重の言葉が聞き取れぬようになったのであろう」

そう言うと吉宗はその日の夕刻、二之丸まで家治に会いに行った。

家治は別段いつもと変わらず、母や侍女たちと機嫌よく寛《くつろ》いでいた。坪庭を隔てて吉宗が来るのを見つけると、ぱっと立って座敷を飛び出して来た。

上背のある吉宗が軽く屈んで孫の手を取る姿に、座敷のお幸の方たちはたちまち声を裏返らせた。万里は犬のように耳が良いので、坪庭ぐらい隔てていても侍女たちが弾んで話す声は残らず聞き取ることができた。

吉宗と家治は手をつないでそのまま歩き出し、万里は二人の一間ほど後ろをついて行った。

縁側を折れて女たちの座敷が見えなくなると、ようやく周りは静かになった。

「家治は、このところ父上と将棋を指さぬのか。父上は忙しゅうて、そなたの相手をしてくださらぬかの」

吉宗は家治の顔を覗き込んで優しく尋ねた。

「そなたは元服したゆえ、父上の言葉が分からぬようになったのではないか」

「違います。忠光があまりに五月蠅《うるそ》う通詞を致しますゆえ、腹が立ちました」

「家治」

声音がつねとは違っていた。家治はすぐに気づいてうなだれた。

「ごめんなさい。忠光のせいではありませんでした」

「ああ、そうじゃな。父上がどれほど用心して忠光を庇っておられるか、そなたは誰よりも分かって差し上げねばならぬ身であろう。父上を庇えるのは家治しかおらぬのだぞ」

「でも……」

吉宗がにっこりと小首をかしげてみせると、家治は勇気を出して口を開いた。

「私は大きくなって元服したら、父上の通詞をもっと手伝うつもりでいました。それなのに前より分からなくなったのです。御祖父様、人が大きくなるというのは、何でもどんどん巧くなるということではないのですか」

お幸の方や侍女たちは、家治は年々できることが増えると褒めそやす。だが家治自身は己のことがよく分かっている。己は父の言葉が徐々に聞き取れなくなっている。

「父上と将棋を指しているとき、私は盤の駒を払いのけました。だって、父上の仰っていることがちっとも分からなかったから」

家治は吉宗の手をほどいて乱暴に目をこすった。涙がこぼれていた。

「そうか。それで、その将棋盤はどうなった」

「侍女が片してくれました」

吉宗が微笑んで足を止めた。

「家治が何をしても、御側は黙って片付けてくれるであろう」

「はい」

「そなたは皆とは生まれが違うのは分かっておるな」

「はい」

「ならば、そなたにはそなたのせねばならぬことがあるのも分かるのではないか」

家治はまっすぐに吉宗を見上げてうなずいた。

「それと同じように、家治にはやってはならぬことがある。一方で、できぬこともあるのは、人ならば当たり前じゃ」

またぽろりと涙が落ちて、家治はあわてて頰を拭った。

「たとえそなたが忠光のように父上の言葉を聞き取ることができても、そなたは忠光にはなれぬ。忠光の代わりは誰にもできぬぞ」

「はい」

「そなたには父上の言葉を聞き取ることよりも、その仰せの意味に耳を澄ますことのほうが大切じゃ」

吉宗は家治の前にしゃがんで顔を突き合わせた。

「たとえば父上が桂馬、と言われてな。これまで家治は、それを聞き取って駒を動かすことはできたであろう。だがこれからは、なにゆえ父上がここで桂馬を動かされたのか、そちらのほうを考えねばならぬ」

吉宗は家治の頭に優しく手のひらを乗せた。

「家治が父上の言葉を聞き取れぬようになったと聞いて、儂は安堵したぞ。母上が仰せになったことは正しいのじゃ。そなたは大きゅうなった。それゆえな、言葉を聞き取ることだけにそなたの頭を使うておっては肝心の目が曇る」

「目が」

「ああ。そなたはその目を大きく見開いて、父上の口許ではなく、父上の全部を見ておらねばならぬ。そなたの父上はな、ただの物識《ものし》りなどではないぞ。全てを見ておらねば分からぬほど、聡い御方じゃ。そなたはそれを知っておるか」

家治は素直に首を振った。

「父上は文字を書くこともおできになりません」

「ああ。だが頭の良し悪しはそのようなところには表れぬ。儂はそなたの父上ほど聡い者はおらぬと思うておる。ゆえにそなたも、そう思うて父上を眺めてみよ」

「父上は賢いと思いながら眺めるのですか」

「そうだ。これからはそなたは通詞はやめてな、どうすれば将棋が強うなるかを父上に教えてもらえ。儂は、そなたが家重と愉しそうに将棋をしておる姿を見るのが、この世で一番の楽しみなのだぞ」

そう言うと、吉宗はそっと唇の前に人差し指を立てた。

「家治には、将軍の儂から内密の頼みがある」

「御祖父様が、私にでございますか」

「ああ。どうしても、そなたにしか頼めぬことだ」

これは内密のしるしだと、吉宗はいたずらっぽく微笑んだ。

「だが、今はまだ申すことができぬ。そなたが父上の聡さが分かるほど成長した暁にな、儂は頼むとしよう」

それを忘れずに励むのだぞと笑って、吉宗は立ち上がった。


春三月、家治は長雨の合間に吹上御殿を訪れていた。いつものように乗邑を供に連れ、万里も近習の一人として従っていた。

「まあまあ、この御殿だけに日輪が昇りましたかのような」

家治は九歳になっていた。その顔を見るやいなや、御殿の女主、月光院は手を打って若やいだ声を上げた。

月光院は亡き七代家継の生母で、歳は六十を過ぎていた。だがかつては並ぶ者もないと謳われた美しさで、今も十分に艶やかな容姿をしている。

そのせいもあるのか、月光院はかねて衣裳も御道具類も、高直《こうじき》で華やかなものを好んできた。御城では宗武がずっと格別の贔屓で、近ごろはそこに家治が加わった。その日はちょうど宗武も来ていたので、声も高くなったようだった。

「まことに家治殿は見るたびに凜々しゅうなられるようじゃ」

宗武も相好を崩して月光院を振り返っている。

宗武は家治にとっては親しく目をかけられてきた叔父だが、それはつねに吹上御殿でのことに限られていた。御城ではあまり口をきくこともなく、今では家治も、家重と宗武の仲がなだらかでないことはよく分かっていた。

だがここでは家重のこと自体、話には出なかった。

「ほんに家治殿は、幼い時分の宗武殿に瓜二つでございますよ」

月光院は上機嫌で家治を座敷の中央へ座らせた。

「叔父上様、月光院様には御機嫌麗しゅう存じます」

「いやいや、そうでもないのだ、家治殿」

宗武がふざけて手のひらを振ると、月光院は身体を仰け反らせて笑い声を上げた。

「宗武殿は、いきなり何を仰せになられますやら」

「何ぞございましたでしょうか」

すかさず乗邑が控えめに口を挟む。

「私はなあ、家治殿。どうにもそなたの父上に嫌われてしもうて難儀をしておる。そなたから口添えを頼めぬかな」

「まあまあ、宗武殿。さすがに家治殿もお困りになりましょう」

月光院は苦笑しながら、ちらちらと家治に目をやっている。

こんなときの家治は決まって屈託のない顔つきで、口許には悠然と笑みまで浮かべている。五十も過ぎた万里がひやりとするものを、まだあどけなさの残る家治に、さすが生まれが違うと唸らされるところだ。

「ひょっとして先日のことを仰せでございましょうか。ならば、それがしの落ち度にございます」

「なんと、乗邑。そなた、何をしやった」

乗邑は慌ててしゅんと背を丸める。だがどうせ家治に見せるために仕組んでいることで、万里は家治の表情だけを横目で眺めていた。

「昨秋、幕府は今までにない多くの年貢米を手に致しました。それがしはあまりに嬉しゅうて、つい御蔵米が増して重畳至極などと上様に申しましてございます」

そのときのことなら万里も知っている。宗武は真っ先に乗邑の手柄だと褒めてやり、一方の家重は昏《くら》い顔で押し黙っていた。

「宗武様はどのように米を増やしたかと詳しゅう尋ねてくださいました。いや、もちろん上様は宗武様の御関心の高さにお喜びでございましたが」

乗邑ははてさてと口に出して、肩をすくめてみせた。

「家重様という御方は、どうも上様の御改革にはご興味もおありにならぬ御様子です。それがしが不用意なことを申しましたゆえに宗武様だけが上様に面目を施され、ご不快に思われたものと存じます」

別段、乗邑は嘘はついていなかった。あのときの家重は乗邑が改革について言い募れば募るほど眉を曇らせ、今にも座を立って出て行こうとしていた。

「左様か。ならば上様は宗武殿の英明さにお喜びあそばしたであろう。享保の御改革ももはや完成したことでございます。何を昏い顔で憂うることなどありますものか」

月光院が気遣わしげに家治に目をやると、家治はにっこりして、左様でございますねと相槌を打った。

安堵の息を吐いて月光院はつぶやいた。

「今年は上様も将軍職三十年の節目の年。御歳ももはや六十を過ぎられました」

「いかにも。先年、上様はそれこそ六十の節目にございました」

乗邑が他意もなさそうに言い添える。

「だというのに御譲位あそばされなかったのは、宗武殿がまだ二十九におわしたがゆえでありましょうな。妾は、宗武殿が三十を超えられるのを上様は待っておられたとしか思えぬのじゃが」

月光院が促すように乗邑を顧みる。

だが乗邑は気づかぬふりで宙に目をやり、宗武はそのどちらも聞いておらぬげに家治の顔だけを窺っている。

その家治は笑みを絶やさず、それぞれの顔を小首をかしげて見回してみせる。

「はて。家治殿は何か存念がおありでございますのか」

月光院がおずおずと尋ねる。

「存念?」

家治はわずかに考えてみせる顔をして、澄んだ目で月光院を見返した。

「ああ。存念とは、お考えという意味です。妾はつい、家治殿には分からぬことなどないと思うてしまう。まだ九つというのに」

月光院は口許に手をあてて笑みを隠す。

だがそれこそが中《あた》りで、家治のほうは全て見通した上で皆を手のひらで転がしている。

「月光院様。御祖父様の御改革はもう終わったのでございますか」

「ああ、左様ですよ。なんと言いましたかしら、公事の……」

「公事方御定書でございますか」

乗邑が囁く。

「そうそう。家治殿、上様はそのような書までお作りになりました。嘘か真か、かつては幕府も懐が苦しいなどと言われて妾も気を揉んだが、もはや一安心でございます」

「それはまことにお目出度う存じます」

家治が顔をほころばせて手をつくと、月光院は笑み崩れた。

「家治殿、そのような他人顔は困りますぞ。これからは宗武殿と手を取り合うて、この婆を支えてくださいませ」

乗邑が顔を強張らせたが、家治は平然としている。

「家治殿のお為にも、宗武殿にはせいぜい励んでいただかねばなりますまい」

「これはまた、月光院様は何を仰せになられますやら」

「まあ、宗武殿。大奥は皆、宗武殿で決まりでございますよ」

万里は胸がどきりとした。家治の目がじっとこちらを見つめていた。

だが家治はまたすぐにこやかに座敷の皆を見回し始めた。乗邑が家治や宗武を探るようにおどおどしているのとは、万里はやはり何か格が違う気がしてならなかった。

二

家治は中奥御座之間に座り、庭の蟬の声に耳を澄ましていた。

その日、家治は母のお幸ともども吉宗に呼ばれて本丸へやって来た。隣には宗武とその奥方が座り、その向こうには家重と忠光がいる。乗邑たち幕閣が控えているのはさらに奥の隣の間だが、どの顔も家治の場所からはよく見えた。

一度皆を見回すと、家治はそっと目を閉じた。

毎年のこの時節、家治は油蟬が蜩《ひぐらし》に代わる日を当てて一人で楽しんでいる。この夏もやはり当てることができたが、それは一昨日のことだった。最初の蜩の声を聞いてから半月ほどが過ぎていただろうか。

中奥へ来る間際、母にはその話をした。だが母は端から蟬の声など耳には入っておらず、青ざめた顔を終始うつむけたままだった。

家治はひそかにため息を吐いた。

この日のあることを薄々感じていた家治は、今年の春か、思い切って父とさまざまな話をした。

ちょうど家治に弟の万次郎《まんじろう》が生まれたばかりのときだった。

——赤子が元気で生まれてくれるというのは何という喜びだろうな、家治。

あのとき目を真っ赤にしてそう洩らした父の横顔を、家治は今もはっきりと思い出すことができる。

人払いのような大層なことはしたくなかったので、父が忠光だけを連れて御庭に下りているときを見計らって西之丸へ行った。そして無邪気なふりで縁側から沓脱石《くつぬぎいし》に飛び下りて、そのまま二人のもとまで駆けた。

——父上、私にも手伝わせてくださいますか。

家治の小姓たちは縁側に膝をつき、微笑んでこちらを見守っていた。

——何か話があるのか。

察しのよい父は即座にそう言って、忠光も小声で伝えてきた。

家治が軽くうなずき、三人で並んで畝に手を伸ばした。

——叔父上たちが何を仰せになっているか、父上はご存じでございますか。

家重にはそれだけで伝わるはずだった。

今年、将軍在位三十年の節目に、吉宗が退隠すると囁かれていた。家治はこれまでもそんな噂はたびたび耳にしてきたが、今度ばかりは真実だろうと予感があった。

ならば父には、祖父はもっとはっきり話しているのではないかと思った。

——周囲は勝手なことを申しているようですが、次の将軍は父上で決まりでございますね。

——幼いそなたにまで案じさせて、すまぬことだ。

父の弱気が、忠光の口を通して伝わってきた。

——叔父上が九代将軍を望んでおられることを、父上はご存じですね。叔父上はしきりと乗邑に、御祖父様に直談判せよと焚きつけておられるようでございますが。

家重は首を振った。

——そなたはそのようなことを口にしてはならぬ。宗武は、そなたの義父になるかもしれぬのだから。

思わず家治はかっとして土を握り、芋の葉にぶつけた。

だが父の顔を見てすぐ思い直した。家重はいつもの穏やかな優しい目をして、笑みまで浮かべていた。

——家治。いくら聡いそなたでも、まだ九つでは分からぬかもしれぬ。次の将軍は難しいのだ。上様が生涯を費やしてこられた御改革、仕上がるかどうかが九代将軍にかかっている。もしも九代がしくじれば、吉宗のしてきたことは水の泡になる。それは吉宗の名にまで疵をつけることだと家重は言った。

父の胸にはどんな漣《さざなみ》も立っていなかった。家治にそっくりだといつも母が語ってきた、この父の淡い笑顔が家治は好きだった。

——ですが御祖父様の御改革はもはや仕上がったと、それこそ吹上の……。

すると父は淡い笑みを浮かべたまま、どうにか動く左の手で、唇の前に人差し指を立てた。

ずっと以前、家治がまだ幼いときに吉宗が同じ仕草をしたことをふと思い出した。

――ならば尚のこと、そなたはこの父の言葉を忘れずに励まねばならぬ。

その意味が家治には即座に分かった。

――御祖父様の御改革はまだ終わっていないのですね。

――そうだ。人というものは生きているかぎり、米を食べるではないか。ならば己の食べる分を働かねばならぬのは道理だろう。もしも家治が真に御祖父様の御改革が終わったと感じるときが来たら、次は己の改革を始めねばならぬ。

――私の改革を、でございますか。

だが家治にそんなことが分かるときは来るのだろうか。

すると父が先回りをして応えてくれた。

――案じることはない。今に分かるようになる。そのためには御祖父様をじっと見ておればいい。

家治はふっと肩の荷が軽くなるような気がした。

そしてはっきりと思い出した。祖父には、父をじっと見続けよと言われたことがある。

――ですが月光院様は、叔父上が次の将軍になるかのような口振りでした。叔父上も乗邑も、父上に無礼だと言って止めることなどありません。それは父上を侮っておられるのではないのですか。

家重はうつむいて目の前の芋の手入れを始めていた。

――叔父上はこれまでもずっと父上に礼を欠いてこられました。それは、ひいては私まで愚弄したということにはならぬのですか。

するときっぱりと、そうではないと言った。そのくらいは今でも家治は聞き取ることができた。

――ですが、父上。

――宗武は私の弟だ。それゆえ許してやってくれ。

そんなことは分かっている。たしかに宗武は家重の弟だ。だが家治が万次郎を思うような、毎日でも会いに行って抱きしめ続けている弟だろうか。

家治は万次郎がまだ生まれもしない前から、生母のお千瀬《ちせ》にその腹を触らせてもらっていた。お千瀬は話し好きな明るい質で、家治が行くたび、跳ねるばかりに喜んでくれた。

――ほら、兄君様が来てくださいましたよ。まあ、さっそく動いたようでございます。

そう言って気軽に前をくつろげて見せてくれたとき、そこにはしっかりと小さな足形が浮き出ていた。

家治はわっと叫んで尻餅をついた。

だがあのとき家治は、腹の子とすっかり真の兄弟になった。あの足形は間違いなく男だと、誰より早く確信したのは家治だ。

毎夜、床に入るたびに神仏に念じたものだ。絶対に男だ、父上の助けになるように、私の弟として生まれて来いと。

そのとき御座之間の襖が開き、吉宗が大股で入って来た。

吉宗はゆっくりと一同を見回して上段に腰を下ろした。

「明月、余は将軍を辞す。大御所となり、西之丸に移る」

次の将軍は家重だと、吉宗が厳かに宣言した。

やがて母たちが去り、座敷は水を打ったように静まり返った。

だがそれも束の間、すぐ乗邑が隣の間から身を乗り出してきた。そしてやはり次の将軍は宗武にすべきだと、まっすぐに吉宗に言い返した。

宗武は胸を大きく上下させていた。すぐ隣に座っている家治にはその鼓動まで聞こえそうなほどだった。

家治はその表情を盗み見た。

——宗武は弟なのだ。そなたも、弟というものがどれほど愛しいかは分かるだろう。

庭で話したとき、家重がそう言ったから家治は口を閉じたのだ。

だがこちらが弟だと思っても、宗武は家重を一度でも兄として敬ったことがあっただろうか。

家治は袖の中で拳を握りしめていた。

「家重の何が不足じゃ」

吉宗が怒りを抑えた声で皆に問うている。

——たとえ向こうが私を嫌おうと、弟に生まれて来てくれたそれだけで、私は宗武と宗尹が愛しゅうてならぬ。

袖の中で拳が震えていた。そこまで言った父に、叔父たちは何をしてきた。

「それがしは忠光を信じておりませぬ」

乗邑が落ち着き払った声で応えている。

なぜ誰も気づかぬのか。宗武は有頂天の笑みを隠そうと片頬を引き攣らせている。なぜ自らの兄にそんなことができるのか。宗武が生まれたとき家重がどれほど愛しく感じたか、なぜ誰も分かろうとしないのだ。

「家重様が将軍となられますならば、忠光は遠ざけてくださいませ」

乗邑はまた一歩、座敷へ詰め寄った。

忠光がいなければ、父は何一つ己で命じることなどできぬではないか。これまでも父は自らの望みなど一切口にせず、乗邑たちの問いに是か否かで応えることしかしなかったではないか。

「誰か。何ぞ申すことはないのか」

祖父の声は震えている。なぜ皆、父から言葉を取り上げるような真似をする。なぜ家治の父だけが口を噤ませられねばならぬのか。

「そのほう、何か申さぬか」

吉宗は家重に言った。

だがどうして祖父は家治に問わぬのだろう。家治なら、これまで思ってきたことを洗いざらいぶちまけてやる。

家治はゆっくり息を整えた。家治の父は次の将軍だ。将軍が己の身にも等しい大切な家士を、ただの権臣と呼ばせたりするものか。

家治が前のめりになったときだった。

「――――」

皆がいっせいに家重のほうを振り向いた。家重がきっぱりと何かを言った。

「忠光、なんと申しておる」

だが忠光は激しく首を振り、頭を下げてしまった。

「伝えよ、忠光。余の命じゃ」

ついに忠光は絞り出すように言った。

「忠光を遠ざける、くらいなら、私は将軍を……」

祖父の顔から血の気が引いた。

「た、忠光……」

家治の細い声は乗邑の怒声に掻き消された。

「忠光！　続きを申さぬか」

だが忠光は突っ伏して必死で頭を振っている。

低く蜩の声がする。その響きに耳を澄ますと心が静まってくる。

一昨日、家治は夏の終わりを的中させた。家治ははっきりと時節の変わり目が分かるのだ。

次の将軍は家治の父だ。

「忠光が言わぬならば、私が言おう」

茫然と見つめている吉宗に、家治は自信をこめて微笑んだ。

「忠光を遠ざけよう、権臣にするくらいなら。私は将軍ゆえ、と。御祖父様、父上はそう仰せになりました」

「なんと、家治……」

祖父は言うべきだ。たとえ幕閣がどれほど反対しても、それがどんなに千鈞《せんきん》の重臣でも、九代には家重を選ぶと己の意志を伝えるべきだ。

「乗邑。忠光の言葉は疑っても、私の言葉は疑わぬだろう？」

将軍に就く苦しさも考えたことのない者に好き勝手を言わせるものか。元を正せば、父から弟たちを奪ったのはこの年寄たちではないか。

「家治殿」

低い声で宗武が呼んだが、家治は聞こえぬふりをした。

あなた様は、父上がどれほどあなた様を愛しんでおられるか、一度でも考えたことはおありですか。私は万次郎をこの手に抱いて気づいたのです。父上はあなた様をお抱きになることもできずに、どれほど愛しく思って赤子のあなた様を見つめておられたことか。

気づかなかったとは言わせない。その目を一度でもまっすぐに見返していれば家重の心は分かったはずだ。将軍継嗣という立場の苦しさを分け持ってやれるとすれば、宗武だけだったはずだ。

気がついたときには吉宗が立ち上がっていた。家重がついに九代将軍に決まった瞬間だった。

朝、まだ幕閣との評定が始まる前に、家治は家重を訪ねた。

父は忠光だけを傍らに置き、庭に鳥たちが降りているのを眺めていた。

「ああ、――」

今では名を呼ばれてもうまく聞き取ることはできない。だが父の顔で、すぐにそうと分かった。

「朝から鬱陶しい話をいたしますが、かまわぬでしょうか」

父は笑みを浮かべてうなずいた。

それだけで大方見通されたような気がするのは、いつも父がそうだったからだ。また忠光も、それだけで家重の傍らを去った。

これまでも家重は、家治が子としての話をしようとするときは先回りで察して、たとえ忠光であっても人払いをしてくれた。

「母上のことでございます」

父はやはりそうかという顔をした。

家治はそばに腰を下ろして手をついた。

「母上はずいぶん痩せておしまいになりました。少々心配でございます。一度、見舞って差し上げてくださいませ」

だが父はじっと家治を見つめたまま、うなずいてはくれない。

「最後に御目にかかられたのは昨年、二之丸が炎上した折に、ご無事を確かめに行かれたときだったと存じます」

「ああ」

昨年の四月、二之丸が火事に遭った。家重は町火消が御城へ入るのを許し、あれで一気に家重の評判は高まった。

「御祖父様が九代を父上にすると宣《の》べられたとき、乗邑は、忠光が父上の奥を差配していると申しました。母上から聞いたと言うておりましたが、まさか父上はそのようなことは信じておられませんでしょう」

父は黙っている。

「ならば、そのようなことはどちらでもよいとお考えでございますか」

家重はうなずいた。

父と二人きりのときは、別段これで不自由はない。家重が何か付け足さねばならぬと考えたときは、あとから必ず忠光に告げさせていた。

「どうか母上とお会いになってください」

今度ははっきりと、父は首を振った。

忠光を呼ぶように目顔で命じられたが、家治には先に言ってしまいたいことがあった。

「父上は、叔父上たちのことはたった三年の登城停止になさっただけでございます。だというのに母上にはもう生涯、お会いにならぬおつもりですか。なにゆえ叔父上たちを軽い処罰で済ませ、母上にはそのように冷たい仕打ちをなさるのですか」

乗邑と画策して自らが将軍になろうとした宗武は、宗尹とともに、吉宗から三年の江戸城登城停止を命じられていた。そこへ家重がさらに三年を加えたのだ。

「母上とは違って、叔父上は父上を愚弄なさったのでございますよ。だというのに強く出られぬのは、それこそが侮りの因となるのではございませんか」

「――――」

忠光が即座に聞きつけて戻って来た。この耳の良さは何なのだ。

家重は家治を見据えて語り始め、すぐに忠光が伝えた。

「私は大御所様が選んでくだされたゆえに将軍職に就くことができた。決して将軍になるべく生まれて来た者ではない」

家治にとって、忠光の声はつねに父のものだった。

「大御所様は宗武を選ばれてもよかったのだ。だがもはや私は将軍に就いた。そうとなれば私は、父上が切り拓かれた新しい世を一寸なりとも前へ進めねばならぬ。そのためにも忠光は欠かせぬ」

忠光は衒《てら》うでも慎んでみせるでもなく、淡々と口にしていた。家治が忠光に教えられてきたのは、真に御役を果たすとは、己を柄より大きくも小さくも見せぬということだ。

「お幸は女ではないか。いずれ幕閣どもの口車に乗せられて、軽く肯う程度のことだったのであろう。だが大御所様の御座之間があのような次第になったからには、私がお幸のもとへ行けば、どのような疑念がどこから湧き出るか分からぬ」

忠光の声は淀みない。家重が忠光自身を庇っていることなど、有難いとも申し訳ないとも考えていないのだ。それこそが無私だということは家治にも分かる。

「私が将軍となったからには、もはや忠光を遠ざけられる者もそうはおるまい。だが忠光が人から疑われていては、私は政などはしておれぬ。分かるか、大御所様の拓いてこられた道を進むことができぬようになるのだ」

家治はまだ十二歳で、世間ならば元服も済ませておらぬ若輩者だ。だがもうとうに、母よりも忠光が大事かと食ってかかるような幼さはない。

父は政が好きで、そのぶんの才覚もある。多分その血を祖父から、誰より濃く受け継いでいるからだ。

「家治。言葉とは歩き始めればなかなか止めることはできぬものだ。まして私のような者には先回りしてその道を塞ぐなど、到底できることではない。ならば私がすべきは、言葉に負けぬように歩くことだ」

「ですが……。父上は人のように歩くことがおできになりませんのに」

家治は唇を嚙んだ。これまで父を押さえつけてきた数えきれないものの全てに腹が立った。

「何にせよ、父上が母上をお訪ねにならなかったという事実は変わりませぬ。そうとなれば私も、ただ黙って見ておるわけにはまいりませぬ」

家重がうなずき、忠光が伝えた。

「もしも家治という子がおらぬならば、私もお幸を憐れに思うて二之丸を訪ねていただろう。だがそなたがおるゆえ、お幸には不足はなかろう。そなたが案じることではない」

「そのようなことはございませぬ。母上はお寂しいと存じます」

家重はゆっくりと首を振った。

「もう、そういうことになったのだ。今になって訪ねても、不要なことを思い出させるだけ不憫ではないか」

「どういうことでございますか」

家重は悠然と立ち上がった。家治が気づく前に忠光が支えていた。

「私はお幸のことは、増子《ますこ》に任せてある」

「は？」

増子とは父の正室だった比宮の名だ。

「それはまた、妙なことを承ります。とうにおかくれあそばした御方でございましょうに」

だが家重は笑っていた。

「増子とお幸は、私と忠光のようなものだ。お幸も増子のことを思い出せば、私に会いたいなどとは思わぬはずだ」

せいぜいそなたが会いに行ってやれと、家重は言った。

家治にはわけが分からなかった。ただ何もかも見通しているようなところが、やはり父は祖父に似ているのだと思った。

家治の生母、お幸は京の公家の生まれで、もとは比宮の女官として江戸へ下ってきた。家治はずっと信じてはいないのだが、比宮が死の間際、お幸に家重の側室になるように命じ、それによって家治を授かったという。

だが確かにお幸は、昔から家治のことをどこか預かり物のように扱ってきた。噎《む》せるほどの愛情を受けて育てられはしたが、よそよそしく接するところがあった。

――そなたの真の母君は比宮さん。

二言目にはお幸はそう言っていたが、いつからか、多分ちょうど家治が家重と将棋をせぬようになったあたりから、それを口にしなくなった。

だが今年、病がちになってふたたび母は憑かれたようにそう繰り返し始めた。

「母上、お加減は如何でございますか」

年の初めからずっと、家治は日に一度は母の居室を訪れることにしていた。

「今日は日差しも暖かいようでございます。御廊下に出てみられませんか」

家治は梅の香が漂う縁側へお幸を誘った。

お幸は家治の言うことには何でも従ったから、素直に畳廊下までゆるゆると出て来た。侍女たちがすぐに手焙りをそばへ置き換え、家治にとっては暑いほどだった。

「やはりまだ上様のおいでを願われぬのですか」

母は小首をかしげ、ああと顔をほころばせた。家重が将軍に就いて三年ほどが経つが、その呼称には母はいまだに慣れぬようだった。

「忙しゅうしておいでででございましょう。私にまで気遣いは無用です」

「母上はやはり腹を立てておられるのですか」

「私が、上様にですか」

家重はお幸を二之丸に追いやり、お千瀬という新たな側室をもうけた。己は遠ざけられ、十も若い女が子を産んだとなれば穏やかでいられぬのは家治にも分からぬではない。

だが家治の父と母は、お千瀬などが現れる前からおかしかったのではないだろうか。

「万次郎は私にとっては可愛い弟でございます。私に弟を授けてくれたのですから、母上も万次郎のことは我が子とお思いになっては如何でございますか」

「…………」

「父上はもはやお千瀬も召しておられぬと聞いております」

ふう、とお幸は乾いた息を吐いた。

「どうか私が上様に顧みられずに恨んでいるなどと、わずかでも上様を責めるようなことは仰せにならないでくださいませ」

「ですが、その通りでございましょう」

「いいえ。私は本心、上様につれなくされて喜んでいるのですよ」

侍女が脇息をお幸の傍らに置き、お幸はそれにもたれた。すぐに手のひらを振って侍女たちは遠ざけた。

「家治殿。そなたにはもう幾度となく話しました。私と上様はもともと比宮さんがいらしたればこその間柄であった。それゆえ、世の夫婦のようなわけにはまいりませぬ。私はそなたがこうして顔さえ見せてくれれば、ほかに望みなどはないのだから」

「母上がそのようによそよそしくお考えであれば、父上もお悲しみになりましょう」

並の夫婦とは違って、御城ではひとたび行き違いが起こるとなかなか解けぬ暮らしが続く。ましてや家重は話すことも文を書くこともできないのだから、心を通わすのは難しいだろう。

だがお幸は、それは全くの見当違いだところころと笑い出した。

「上様が思いを掛けておられたのは、今も昔も比宮さんお一人です。私のことなどで上様は悲しみも喜びもなさいませぬ」

「母上はなにゆえいまだに比宮様をそこまで立てておられるのですか。私を将軍世嗣と思うてくださるならば、その生母は母上なのでございますよ」

「真に忝うございます。ですがそなたの母上様は比宮さんです。そなたをこの世へ送るために、比宮さんは勿体なくも私の腹をお使いくださいました。ならばお千瀬とて同じじゃ。我らが家重様に顧みられぬのは、家重様が誰より比宮さんを大切にされている証でございますよ」

お幸は大切そうに己の腹をさすった。そしてまた、ふと遠い目になった。

「だというのに私は大きな心得違いをした」

お幸は九代将軍に家重ではなく家治を望んだ。家重を除《よ》けて、まだほんの十歳ほどだった我が子が次の将軍になることを本気で考えたのだ。

「私はそなたを将軍にするためならば、九代は宗武様でもかまわぬと思いました」

家治を将軍に就けるためだったのだから、これは家治の負うべき罪だ。

「母上はいつまでそのようなことを思うておられるのですか。父上は恙なく将軍におなりあそばしました。きっと比宮様も、母上のことは大手柄だと仰せくださいましょう」

「私は悔やんでも悔やみきれぬ」

「もう父上は将軍にございます。乗邑もおらぬようになりましたし、叔父上たちも……」

「何も責めを負うておらぬのは私だけです」

「ですから母上は、私の母上でございますゆえ」

「ああ、真にございます。家治殿が私を守ってくださいました。それゆえ私の手柄は、罪とあいこになりました」

家治はこのことでは、どうしても母と話が嚙み合わない。

「母上は本心、父上がおいでにならぬのを喜んでおられるのですか」

「ええ、もちろん。私は早うあの世へ参って、比宮さんにお詫びがしたい」

こんな母に家治は何と言えばいいのだろう。

「罪に相応しい罰を、叔父上たちは受けておられませぬ。それゆえ母上は、罪というものが分からぬようになられたのです。もとから母上には、詫びねばならぬ罪などはございませぬ。罪を犯したのはただ叔父上たちでございます」

だがお幸は聞いてはいなかった。家治の手をそっと握ると、ふうと細い息を吐いた。

「床へ連れて行ってくださいますか。そなたにも会えたゆえ、今日はもうやすみます」

母はどこかよそよそしい昏い笑みを浮かべていた。

三

寛延四年（一七五一）、吉宗は六十八になり、将軍職を退いて六年が過ぎていた。冬の終わりには長々と風邪をこじらせて臥せっていたが、春の訪れとともにようやく抜けた。そうなると早速孫に会いたくなったようで、家治は真っ先に呼ばれて西之丸へやって来た。

家治は幼い頃から、父よりも祖父といる刻のほうが長かった。十五歳にもなると、己の誕生が父の将軍襲職に大きく力添えしたということもはっきりと分かるようになっていた。

「御祖父様」

居室を覗くと、吉宗は背を丸めて広縁にぽつんと座っていた。どうやら身体は一回り小さくなったようで、案じた家重が奥医師に何とかならぬのかと言っているのを聞いたばかりでもあった。

「家治か」

祖父は振り向くこともなく、家治がそのまま広縁まで行って隣に腰を下ろした。

「お幸が死んで、もう丸三年かな」

やはりその話かと家治は眉根を寄せた。お幸が旅立ったのは、ちょうど三年前の今時分だ。

「いい加減、臍《へそ》を曲げておるのも止めにしてはどうじゃ。そなたが盤石の嫡男ゆえ、大ごとになっておらぬだけよ。これが並の大名家でもあれば、とうに御家騒動じゃ。そなたは廃嫡されておるかもしれんぞ」

家治はふんと鼻息を吐いた。

ようやくこちらを向いた吉宗は呆れ笑いを浮かべていた。

「ついに家重がお幸に会わずじまいだったことは、そなたには辛いことだったかもしれぬ。だが、お幸はお幸なりに得心しておったと思うがの」

「畏れながら、それは勝手な言い分かと存じます」

家治は父の冷酷な仕打ちをどうしても許すことができず、母が死んでからこちら、公の場でのほかは一切、家重と口をきいていなかった。

「考えてもみよ、家治。あれで家重が忠光ともどもお幸の枕辺へ通っておればの。またぞろお幸を家重に取り持ったのは忠光じゃと、話を蒸し返す者が出てまいったぞ」

「そのことならば、あの御座之間でとうに決着は付いております」

「そうでないことぐらい、そなたは分かっておるであろう」

家治は顔を背けた。たとえそうでも、二人は子まで授かった夫婦ではないか。

「そもそも、そなたも家重から理由を聞いたときは涙ぐんでおったというではないか。家重がどれほど用心して忠光を庇っておるか、そなたも知っておるだろう」

「御祖父様は、それを誰にお聞きあそばしたのでございます。あの忠光が、御祖父様にだけは注進に参りましたか」

母を見舞ってくれるよう頼みに行ったとき、父は祖父の名を汚さぬために懸命に歩かねばならぬと断った。

あのときたしかに家治は父の険しい道を思い、唇を噛んで涙を堪えた。だがそのことは家重と忠光しか知らないはずだ。

「まあよいわ。家治よ、将軍職などというものは、周りが諸手を挙げて奉ってくれるのでなければ務まらぬのだぞ。しかも家重にかぎっては、忠光込みで認められねばとても叶わぬ。家治には、家重と忠光を眺め続けよと申したであろう」

「私とて、忠光の人柄はよく分かっております。父上になくてはならぬ者だとも思います。ですがそれゆえに、父上がもっと堂々となさらぬのが不甲斐のうございます。今や誰が忠光を父上から遠ざけますか。父上も忠光も、いつまで誰に気を遣っておられるのです」

父はこの世にただ一人の将軍として、もっと宗武と宗尹に強く出るべきだ。登城停止などで済ませず、隠居させてしまえばよかったのだ。叔父たちの処罰をあの程度で済ませたから、母が己だけ罰を受けておらぬなどと言い出したのではないか。

宗武たちのしたことは、お幸とは比較にもならない。お幸は家重の廃嫡を望んだわけではなく、ただ家治を将軍にしたかっただけだ。

「私にも万次郎がおります。それゆえ父上が叔父上を嫌うことがおできにならぬ御心も分かります。ですがこれまで叔父上たちはどれほど父上を蔑ろにしてきたか。罪を罪と糾すことができずに将軍などと申せますか」

家治は勢い込んだ。登城停止では生ぬるい。今からでも叔父たちには隠居を命じるべきだ。

吉宗も腕組をした。

「たしかに儂もかねがね、それは思わぬでもないが」

「叔父上たちをしかと罪に問われぬゆえ、母上がご自分まで罪があるとお考えになったのです。将軍でありながら罪を咎めもなさらぬとは、父上はみっともない御方でございます」

「やめぬか、家治」

家治はさすがに頭を下げた。たしかに口が過ぎた。だがどうしてもこの三年、そう思わずにはいられなかった。

なぜ母を犠牲にしてまで臣下の目を気にするのか。父はこの世にただ一人の将軍ではないか。いまだかつて、あれほど気弱な将軍がいただろうか。あれではとても将軍などとは言えぬではないか。

「まあ聞け、家治。それゆえ、そなたには儂の遺言を申しておく」

「御祖父様。遺言などと不吉なことを仰せになるものではございませぬ」

「祖父が孫より先に死ぬのはものの道理であろう。どうしてもそなたには言うておかねばならぬことがある。そなたにしかできぬことゆえな」

しぶしぶ家治は居ずまいを正した。病み上がりの祖父は、遺言という言葉が妙に似つかわしく聞こえることが分かっていない。

「まこと、御祖父様はよく人をおからかいになられます」

「それほどでもないわ」

吉宗に陽気な、悪戯好きなところがあったから、家治は立場のわりに伸び伸びと育つことができた。家重はどうしても口数が少なく、忠光がおらぬ幼いときは話すこともできなかったので、祖父にはそれを取り返すようなつもりもあったのかもしれない。

吉宗はそんな遠い昔を思い浮かべるような顔をしていた。

「もしもあの二人がな。家重が、忠光を側用人にするようなことがあったときは」

そう言って、側用人ということが分かるかと問うた。

「それは御用取次としての側用人ではなく、五代、六代、七代様の置かれた側用人のほうでございますか」

側用人といえば奥にいる将軍の命を、表の老中たちに伝える御役である。

御城の本丸では将軍はたいがい中奥にいて、表では幕閣が月番で政を司っている。だから裁定を下すたびに将軍が表へ出て行かずにすむよう、双方のあいだを伝達するのが本来の側用人だ。

吉宗が将軍のときももちろんその御役の者はいた。だが吉宗が将軍に就いたとき、側用人は将軍の権威を笠に着て老中にまで指図するようになっていたから、吉宗は側用人という呼称を用いず、新たに御用取次という御役を設けた。

「これほど広い城でございます。御祖父様が西之丸に、父上が本丸中奥におられ、老中たちは表御殿となれば、将軍が取次を持つのは理に適っております」

ましで家重は、吉宗のように本丸から西之丸、二之丸へと大股で動き回ることはできない。

「それゆえ御祖父様が仰せになられますのは、老中たちをも凌ぐ権勢を誇った、五代綱吉様のお抱えあそばした側用人、ということでございますね」

「その通りじゃ、家治」

御座之間で吉宗が将軍を退隠すると言ってからもう六年である。

あのとき乗邑は命がけで側用人などを置いてはならぬと諫言した。将軍の暮らしの場である中奥に老中たちは行くことを許されず、側用人だけが行き来するとなれば、城の奥深くで将軍が何を考えているかなど明日にでも分からなくなってしまう。

「大権現様が側用人制を作られなかったのは、その時分は老中たちがそのまま側用人を務めていたからでございます。いや、むしろ側用人が老中を兼ねることができました」

家康とともに天下取りをした家士たちは、将軍の意を汲みつつ政そのものをこなした。だが今はもうそんな世ではなくなった。

「これからは役儀の呼称ではなく、その司る中身を吟味せねばなりませぬ。御祖父様が懼《おそ》れておられるのは、五代様の用いられた側用人。呼称はたとえ御用取次になろうとも、五代様の側用人の如く、老中の指図にも従わぬ権臣のことでございます」

吉宗はしみじみとうなずいている。

家重が九代将軍に就いた明くる年、忠光は御用取次になった。なにも乗邑ばかりではなく、忠光のことは吉宗こそが最も懼れているのかもしれない。

「承知いたしました。それで、私に何を御遺言あそばすのでございますか」

「人というものは歳を取る。今日清廉であった者、ひたすら正しい政を心がけて歩いておった者が明くる日には面を取り替えたが如くに別人となることもある」

乗邑が危惧していたのも結局はそういうことだ。

乗邑がただの一度も政に私を挟まなかったことは家治も覚えている。家重に対しては冷徹で無礼な振る舞いも多かったが、それらのどれ一つ、己の欲から出たものはなかった。

だが吉宗はそれが分かっていながら、あれだけ功のあった乗邑の罷免を決めた。将軍として最後に、自らが老中首座に据えた権臣に始末をつけたのだ。

それができてこそ将軍だ。

「これはそなたにしか託すことができぬ」

家治が決意をこめてうなずいたとき、吉宗は唇の前に人差し指を立てた。しいっと、内密の話をする仕草だった。

「御祖父様……」

家治はぼんやりとその一本指を見つめた。ふいに、幼い日の光景が蘇ってきた。

「どうだ、思い出したか」

あれはまだ己が元服した直後だ。家治が、父の言葉が聞き取れぬようになったと泣いて吉宗に打ち明けたときだ。

――そなたには内密の頼みがある。そなたにしか頼めぬことだ。

「今はまだ申せぬと、あのとき御祖父様は仰せになりました」

「左様。今ようやく、そなたに頼むことができる」

家治はひそかに唾を飲んだ。

「もしもいつか家重が、忠光をかつての側用人のように用いるようになったとき。あるいは忠光が家重を置き去りに、好きに家重の目と耳になったとき」

家重が忠光を権臣にした、そのときは。

「そなたが上様を諫めよ。それでも将軍に留まりたいと思うならば、忠光は遠ざけよと申すのじゃ」

そうして吉宗はからかうような顔つきになった。

「手本はそなた、あの場に居合わせておったゆえ、よう分かっておるであろう」

思わず家治は噴き出した。あの御座之間で、そう言上した乗邑に待ったをかけたのは家治だ。

「万が一のそのときも、家重は、忠光を遠ざけるくらいなら将軍職を退くと申すかの。だがあの折と違うて、そこには助け舟のそなたはおらぬ。それゆえ家重は退隠せざるを得ぬな」

そう言って、吉宗は透き通るような笑みを浮かべた。

「そのときは、そなたが次の将軍となるように」

家治の頬を涙が伝って落ちた。

「父上が、御祖父様をじっと見ておれと教えてくださったことがございます」

あのとき家重は、今に家治もすべて分かるようになると励ましてくれた。

「もしも私が真に御祖父様の御改革が終わったと感じるときが来たら、次は己の改革を始めねばならぬと、父上は仰せでございました」

「そうか。さすがは家重じゃの」

吉宗が眩しそうに目を細めた。

「どうじゃ、家治。儂と賭けをせぬか。そなたが引導を渡す日が来るか、来ぬか」

「御祖父様と私では、賭けにはなりませぬ」

祖父と二人で笑い合った。あの家重と忠光には、そんな日が来るはずはない。

「ですが御祖父様が御遺言とまで仰せになったのでございます。私はこのことを決して忘れませぬ」

家治はこの先ずっと、父と忠光を見つめ続けていく。将軍に退位を迫るのは次の将軍になる家治にしかできぬことだ。

吉宗は家治が帰るのをわざわざ廊下に出て見送った。

「そなたが生まれたとき、家重は多分初めて、己がこの世に生まれた幸いを思うたであろう」

それがきっと家重の執念を引き出したのだ。あのときから家重は、生涯を賭けて政に取り組む気になった。

「そなたが家重を将軍に押し上げたのじゃ。そのことだけでも、儂にとってもそなたほどの孝行者はいなかったぞ、家治」

吉宗は思い残すこともなさそうに微笑んでいた。

御廊下では家治の前を供侍が従って歩いていた。

「大御所様はいくつにおなりであったかな」

「はい。御年六十八におわすかと存じます」

応えた供侍は、自身も六十に近かった。鬢は白髪交じりだが足の運びには撥条があり、鍛錬を積んでいることが見て取れた。

そろそろ午の上刻あたりだろうか。

「上様は今、何をしておいでであろう」

「じきに巳の下刻が過ぎますゆえ、御老中様がたとの評定が終わる刻限にございます」

痩せて小柄な侍だった。清々しい顔つきでこちらを振り返ると、案内いたしますと笑みを浮かべた。

どこか懐かしい侍だった。

「そなた、名は何と申す」

供侍は廊下にうずくまった。

「青名半四郎と申します」

「そうか。名は初めて聞いた。会うのは何度目かな」

侍は驚いたように顔を上げた。

正直、顔は覚えていなかった。だが声は耳に残っていた。

「幼い時分、そなたが御祖父様と話しているのを、御祖父様のお膝で幾度も聞いたものであった。なに、私などあずかり知らぬ御役を賜っておるのであろう」

半四郎は黙って頭を下げた。

「よく吹上御殿にも供をしてまいったな」

「畏れ入りましてございます」

「そなたのことは上様も知っておられるか」

「それがしがその者だとはご存じありませぬ」

「その者……。そうか」

御庭番かと独りごちて、家治は微笑んだ。

「半四郎はさぞ、父上のこともよう知っておるのであろう。どうだ、私は仲直りしたほうがよいかな」

半四郎は満面の笑みを浮かべた。

「この三年、ずっとお待ちかねでいらしたかと存じます」

半四郎は先に立って歩き始めた。

寵臣の妻

一

寛延二年（一七四九）七夕の未下刻、志乃《しの》は嫡男の兵庫を連れて大岡越前守忠相の役宅へやって来た。

忠相は先ごろ加増されて大名となった寺社奉行で、志乃たちにとっては遠縁にあたった。ただ志乃たちは分家を繰り返した挙げ句の末流で、これまで付き合いはあまりなかった。夫、大岡忠光は忠相から格別に引き立てられて立身してきたが、志乃と兵庫はかつて一度も会ったことがなかった。

「母上。御奉行様が私どもをお召しというのは本当なのでしょうか」

兵庫は十三歳になり、生意気の盛りだ。口答えも増えていたが、今日は怖じけて縮こまっていた。

「男子がそのように項垂《うなだ》れてどうするのです」

背筋を伸ばしてそう応えたものの、母の口下手は承知だろうと、それさえも言えぬのが志乃である。

門まで来て足を止めると、ためらっている暇もなく家士に座敷へ通された。すぐに茶菓が出され、涼しげな菓子の餡に見とれているうちに忠相その人が現れた。

二人は揃って手をついた。

「越前守様にはお初に御目にかかります。大岡忠光が嫡男、大岡兵庫にございます」

くすり、と笑い声がした。

「いや、失礼した。どうぞ面をお上げくだされ。すぐにも御目にかかろうと思い思いしているうちに、今日になってしまった。忠光も儂も忙しさに取り紛れて、申し訳ないことだった」

おずおずと顔を上げると、厳《いか》めしいはずの寺社奉行が親しげに目を細めていた。

「今笑ったのは他でもない。忠光が初めて会いに来た折と、あまりに似ておられたのでな」

忠相は気さくに身を乗り出してそう言った。古稀を過ぎたと聞いていたが、とてもそうは見えぬ若々しさだった。

「忠光も初めのときは、儂がこうして役宅へ呼び出してな。そなたの父上はてっきり切腹を賜るものと、大層思い詰めて参ったそうだぞ」

愉快そうな笑い声を聞いて、志乃も少し強ばりがほぐれた。

志乃の夫は十六で家重の小姓に任じられたが、御城へ上がると決まったとき、町奉行の忠相が首実検をしたという。家重は将軍世子だったから、少禄からの前例のない取り立てゆえに、人柄をざっと調べられたのだ。

「本日はお目通りが叶い、恐悦至極に存じ奉ります。先般、御奉行様には奏者番兼帯にご昇進あそばしました由、まことにお目出度うございます」

兵庫の口上にあわせて、志乃も改めて手をついた。

「ふむ、忝い。二人にはもっと早うに会いたかったのだが、何かと立て込んでおってな。気がつけばもう七夕という次第、ずいぶんとお待たせした」

忠相は昨年閏十月に晴れて大名となっていた。

「儂がここまで恙なくやってこられたのも、ひとえに忠光の引き立てのゆえであった」

志乃は驚いて顔を上げ、またすぐ慌てて手をついた。

「いいや、真実でな。死なば諸共と思うてまいった忠光が栄進したゆえ、儂までもが連なった。まこと忠光は、この上もなく難しい御役をよくぞ二十年余、失態の一つもなく務めてきた」

情のこもった優しい声に、志乃は涙がにじんできた。

「長きにわたるご厚情、越前守様には御礼の申し上げようもございませぬ」

「いやいや、志乃殿もよう尽くしてまいられた。忠光の栄達は、そなたの支えがあったればこそじゃ」

志乃は首を振ることさえできず、ただ顔を伏せていた。

もともと志乃は忠光がまだ家禄三百石だった時分に、近在に暮らす親たちに決められて嫁いで来た。ところが忠光は奥小姓から小姓頭取、側衆、御用取次と出世を重ね、昨年はついに禄高五千石にまでなった。

人からも親戚からも、志乃ほど運の強い女はないと言われた。役宅が替わるたびごとに、今の世に何の不足もなかろうと羨まれてきた。

夫は性質も穏やかで、こうして嫡男も育ち上がり、己でもそう思わぬわけではない。だがなぜ己がこれほどの運に恵まれたのかと来し方を振り返ると、すっと血の気が引くほど心許なかった。

志乃はただ無口で大人しいのを姑に気に入られて夫婦になった。御役に一心不乱の夫は、決して志乃でなければならなかったわけではない。気難しさの欠片《かけら》もない夫にはもっと相応しい妻があったかもしれないと、志乃はつい考えがちだった。

「実は今日来てもらったのは、大御所様より格別の御言葉があったゆえだ。忠光のことだ、内では己の手柄など一切話しておらぬのであろう。それゆえ代わりに伝えておけと、大御所様が仰せあそばされてな」

「は、大御所様が」

兵庫は反り返るほど背を伸ばし、いっぽうの志乃は凍りついたように下を向いた。

四年前か、八代吉宗は六十を過ぎて退隠し、西之丸に移って大御所となった。家重は今も吉宗を立てているが、実権は着実に本丸御殿の家重の下に移り始めていた。

もともと吉宗と家重はとても仲の良い父子だと言われていた。忠光は御城でのことは何も話さぬので、志乃が知るのは城下の噂とほとんど大差はない。だが吉宗が家重を依怙贔屓し、本来は廃嫡になるはずだった家重が強引に将軍に据えられたというのがもっぱらの評判だった。

「上様が将軍職をお継ぎあそばされたのは、忠光がおったゆえじゃ。大御所様はそのように仰せであった」

志乃は思わず兵庫と顔を見合わせた。まだ前髪のある十三歳の子は、志乃よりも茫然としていた。

「兵庫は知っておるかな。上様は麻痺がおありで、あまり呂律が回られぬ」

「はい。町で噂を耳にしたことがございます。ですが父は、そのようなことはないと申しておりました。町の者よりは父のほうが上様を存じ上げておりますゆえ、どこからそのような風聞が流れ出たものか、妙なものだと思っております」

兵庫は口下手ではないのだが、さすがに言い難そうにしていた。困ったように志乃を顧みたので、志乃もうなずいた。

「ほう。城下の噂のみか。忠光からは何も聞いておらぬのか」

「はい。父は未だかつて、上様の話を聞かせてくれたことがございませぬ」

「ふむ。しかし志乃殿は、ご存じであろうな」

「あの……、城下の風聞を、でございましょうか」

もちろん噂ならば幾度も聞いたことがある。家重には身体に重い麻痺があり、右手右足をほとんど動かすことができない。馬に乗ることも弓を引くことも、文字を書くことさえできないという。

忠相は不可解そうに小首をかしげて志乃たちを眺めていた。

「いや、上様は話がおできにならぬことを、儂は申しておるのだが」

兵庫は今度こそ驚いて、勢いよく志乃を振り向いた。だが志乃にしても、ただ兵庫を見返すばかりだ。

「なんと。まさか志乃殿も忠光から何も聞いておられぬのか」

「……申し訳ございませぬ」

「上様はご誕生のみぎり、難産のゆえにお身体に麻痺が生じた。指が震えるゆえ文字をお書きになることも叶わず、歩くには右足を引き摺っておられるのだが」

「いえ、そのことならば存じております」

兵庫があわてて口を開いた。

「お身体に不如意がおありのことは、父も城下の噂の通りだと申しておりました」

「では話すことがおできにならぬというのはどうだ」

志乃たちは揃って首を振った。忠光からそんな話を聞いたことはない。

「まさか、父の申していたことより、町の噂が正しいのでございますか」

兵庫は不躾に問い返した。だがその兵庫よりも忠相のほうが驚いた顔をしている。

やがて忠相は額に手を当て、ふうと大きく嘆息した。

「なんとなあ。さすが忠光と言えばそれまでかもしれぬ。しかしいくら御城のことは語らぬが心得とは申せ、ここまでとは。大御所様はもしや、これも見抜いておられたか」

忠相はしきりと身体を揺すっていた。しばらく宙を見上げていたが、こちらへ向き直った。

「上様は舌がよく動かれぬのだ。それゆえ忠光のほかには、誰もその言葉を聞き取ることができぬ」

だから忠光は御城の表でも奥でもその傍らに留まり、家重の言葉をそのまま伝える通詞の御役を務めているという。

忠光が他の御側よりずっと下城することが少なかったのはそのためだ。しかも御役は将軍に関わることばかりだから、妻や子にもほとんど話せることはない。

「忠光が御城へ上がるとき、それゆえ儂がわざわざ人物を確かめた。忠光はありきたりの小姓ではない。ただ一人、上様の御言葉を解す身だ。そうとなれば、忠光の一存で政は如何様にも歪むことになる。それゆえ皆がこの二十余年、来る日も来る日も忠光を疑うてな」

志乃は目が回りそうだった。ずっと昔に姑が話したことを、志乃は取り違えてきたのだろうか。

「いくら御奉行様のお話でも、それがしには信じられませぬ」

兵庫が顔を引き攣らせてきっぱりと言った。

「もしも真実、父がそのような格別の身であるならば、それがしや母に黙っていたのが解せませぬ」

「ふむ。だが兵庫はそのうち上様に拝謁も叶うであろう。その折にお声を聞くことができれば、儂の話が真実だと分かる。だが、母上はどうかな」

忠相がいたわるように志乃に目をやった。一介の幕臣の妻が将軍に会える日など生涯来るはずがない。

「かく申しておる儂もな、忠光の通詞ぶりをこの目で見たのは先日ようやくであった。それまでは、なかなか信じられるものではなかったな」

昨年忠相は奏者番を務めることになり、そのとき初めて家重の傍らに座る忠光の姿を見たという。忠光は家重の言葉をただの一語も聞き洩らさず、まるでその思いまで汲み取るような見事な通詞をした。

寺社奉行とは本来、大名が任じられる御役で、御城では奏者番を兼ねることになっている。だが旗本の身で異例の寺社奉行に任じられた忠相は長いあいだ奏者番の兼帯が許されず、昨年、大名の位に昇ってついに叶ったのだ。

「あのとき儂は、己の働きなど、忠光の万分の一にも及ばぬと気がついた」

吉宗が今回、格別に褒めたのも無理はなかった。だから忠光こそが、忠相が吉宗の信を得る因となり、その昇進をもたらしたのだと悟った。

「上様と忠光は、人並みに振る舞うだけでは悪し様に言われなさる御身の上だ」

身体の不如意のために、家重には今もそんな損がついてまわる。

だが人というものは、一人でも味方があれば立っていられる。忠光と家重は、互いがいるから辛抱がきくと吉宗は言った。

「それもこれも、上様の御姿を拝したことがなければ分かるまい。いや、そもそも御目見得くらいでは、そのお苦しみまで察することはできぬ」

「上様の、お苦しみ……」

兵庫がぽつりと繰り返した。

「ならば夫は、それに寄り添い続けてまいったのでしょうか」

思わず志乃が顔を上げたとき、忠相は慈しむようにうなずいた。

「今でこそ笑って話すこともできるが、上様はずっと廃嫡を囁かれておられた身でな」

「まさか、そのようなことが。真でございますか」

兵庫が声を裏返らせた。家重が将軍に就いたのは兵庫が九歳のときだったから、世子だった時分のことなど何も知らないのだ。

「上様ほど危うい道を歩まれた御方もない。その御苦難をともに乗り越えたのがそなたの父上であった。それゆえ大御所様がわざわざお褒めあそばしたのだ」

志乃はぼんやりと膝に置いた己の手を見ていた。

忠光が家重に寄り添ってきたことならば、志乃にはいくらでも思い当たることがある。御簾中の比宮がみまかり、家重が深酒を繰り返していると噂になっていた時分の夫。いやそれよりも、しばらく子はいらぬと言い放ったときの夫の声。

志乃は障子の外にそっと耳を澄ました。

役宅の庭から鳥の細い声がする。忠光は鳴き声でどんな鳥か聞き分けることができると姑に聞いたことがある。

家重が将軍宣下を受けた直後、忠光は三日も高い熱が出て登城しなかった。四日目の朝、庭から鳥の清らかな声が響いてようやく目を覚まし、一言目に、夢を見ていたのかなとつぶやいた。

そうして傍らにいた志乃に、消え入るような小声で尋ねてきた。

――今、将軍はどなたかな。

志乃は夫がまだ熱にうかされているのだと思った。

――旦那様、しっかりなさってくださいませ。家重様が代替わりをなさり、御本丸に入られたのでございましょう。それゆえ旦那様も、こちらへお戻りになったのではございませんか。

忠光は茫然と天井を見つめていた。

――そうか。夢ではなかったか。

そう言って夫は仰向けのまま目を覆って泣いていた。

「母上」

兵庫に袖を引かれて、志乃は我に返った。気がつけば頬を涙が伝っていた。

「ああ、どうかお許しくださいませ。つい、あの、私はふつつか者でございまして、昔のことを」

「かまわぬ。儂とて志乃殿と思いは同じだ。儂は忠光をずっと、もう一人の己とも思ってきた。忠光に何かあれば、儂は喜んで共に死んでやるつもりだった」

「まことに、忝いことでございます」

志乃は声を抑え、涙を拭った。

「志乃殿。大御所様の御言葉、しかとお伝えいたしましたぞ」

そうして忠相はまっすぐに兵庫を見た。

「そなたはいつか上様に拝謁が叶うように励むのだぞ。そして母上に、父上の働きぶりをしっかりとお伝えせよ。大御所様が格別に思し召した御心を、そなたは決して忘れてはならぬ」

兵庫、そなたは父上のような侍になることだ——

そう言って忠相は最後に優しく目尻を下げた。

忠相の役宅を出ても、二人はしばらく口をきくことができなかった。

江戸の七月七日は、御城のたもとの大名小路から棟割長屋の下町に至るまで、女子供も年寄りも一人残らず総出の井戸浚《さら》いと決まっている。

常なら夕餉の支度が始まるこの刻限も、どこの町でもまだ井桁《いげた》を外して掃除の真っ最中だった。侍も町人もそれぞれの井戸に集まり、その周りを子らが囲んで明るい声が上がっていた。

御城の御濠も潤している玉川上水は四代家綱公の御世に引かれたものだ。多摩川の上手から懸樋《かけひ》を通って市中に至り、町々の井戸へは竹樋を伝って水が溜まる。

そうして町に一つは必ずある井戸を、侍も町人もだんごになって隅々まで洗い清めるのが七夕だった。仕上げに井戸に御神酒と塩を供えると、江戸の町へはすぐ先祖の霊を連れて盂蘭盆《うらぼん》がやって来る。

志乃は武家町が続く辻で足を止め、大勢が井戸を覗き込んでいるのをぼんやりと眺めていた。

一体いつから、志乃は井戸浚いさえも家士に任せられる身になったのだろう。この先にはかつて大岡の家があり、志乃が嫁いで来たのもそこだった。当時、忠光はまだ扶持米取りの小姓にすぎず、大岡家は志乃の里と同じ少禄の旗本だった。

「母上はさきほどの御奉行様のお話を信じておられますか」

「もちろんです。あの越前守様が偽りなど仰せになるはずがありませぬ」

「だとしたら、私たちよりもあの者たちのほうがよほど御城のことは詳しかったということになりませんか」

兵庫は井戸車に手を伸ばしている町人たちに軽く顎をしゃくった。

井戸浚いでやることは大名屋敷でも裏長屋でも変わらない。この辺りの井戸は昔から武士と町人が隔てなく使っていたから、今日のような井戸浚いには両者がいるのだろう。

まずは水を汲み干して、釣瓶《つるべ》を大樋に掛け替える。大樋には職人が乗り込み、井戸の底へ下りて塵を拾う。井戸は底を抜いた桶を重ねて作ってあるから、古びて傷んだ桶は新しいものと換え、あとは一日がかりでその内側を磨く。

最後に蓋をして浄めの供え物をするまで、女たちは井戸から離れられない。

「ねえ母上。なぜ父上は私たちに話してくださらなかったのだと思われますか」

「上様のお噂など、してはならぬゆえです」

「ですが父上だけが上様の御言葉を解すことができるとは、大した誉れでございます。他所で誇るというならいざ知らず、私たちには話してくださっても良かったではありませんか。父上は私たちにまでずっと隠しておられたのですよ」

「そなたは何をむくれているのです。あの父上が、ご自分を誇るようなことをお話しになるはずはないでしょうに」

だがたとえ子に対してはそうでも、志乃は妻ではないか。

それが寄り添うということではないのだろうか。夫は家重には寄り添いながら、志乃にはそれをさせてくれなかったのではないか。

「母上。私は小さいとき、遊び仲間に愚弄されたことがございます」

兵庫がまだ六つ七つの時分だったという。

家重は口をきくことができず、その言葉を忠光だけが聞き取れると町の仲間たちが噂をしていた。

だから大岡の家は出世が続くのだと言われて、兵庫は、家重は口がきけると言い返した。父からはそんな話を聞いたことがなく、誰より家重の傍らにいる父を兵庫は自慢に思っていたからだ。

だが幼い仲間たちは、忠光は家重の言葉を聞き取ってはいないと言った。勝手に偽りを述べている大罪人なのだ、と。

「あのときほど父上が帰って来られるのを首を長くして待ったことはありません。ですが父上はあの通り、なかなか御城から戻られませぬ」

それでもやがて忠光は帰って来た。

普段ほとんど無口で過ごす父だった。だが兵庫は子供らしい率直な少年で、父の膝にまとわりついてしつこく尋ねた。

——皆が言ったのは嘘ですよね。父上は勝手に家重様のかわりに喋ったりしておられませんよね。

志乃はさすがに呆れてため息が出た。全くこの子はいつ、夫とそんな話をしていたのだろう。

「父上は何とお答えになったのです」

「はい。言わせておけと仰せになりました」

忠光は眉一つ動かさなかったという。いつもと変わらぬ無表情、無関心で、兵庫が友たちと家重の噂をしたということさえ咎めなかった。

だが兵庫はそのとき、いよいよ理屈に合わぬと思った。

——家重様が口がきけず、誰も御言葉が分からぬならば、どうして父上だけが分かるのですか。だったらやっぱり家重様はお話しになることができるということですね。でもどうして父上は、家重様の悪口を言う皆をお叱りにならぬのですか。

そのときようやく忠光はこちらを向いた。

——兵庫。家重様は次の征夷大将軍におなりあそばす御方だ。そのような御方が口のきけぬはずがないだろう。だというのに下々でそのように申して、兵庫は家重様のお悲しみを思わぬのか。

「家重様の、お悲しみ……」

「あのときはそれがしも、父上を情けない御方だと思いました。武士が人にあらぬ疑いをかけられ、それをそのままにしておかれるとは」

しかも疑いをかけられているのは忠光だけではない。次の将軍の家重もだ。

「そなた、それからどうしました」

「いつものことでございます。父上はすぐ御城へ戻られましたゆえ、そのうちに忘れてしまいました」

兵庫はあっけらかんと笑っている。

仲間からはそれからも同じように絡まれもしたが、さすがに家重の名を出すのは皆が憚るようになった。本来、軽々と口にのぼせてよい名ではないからだ。

「結局あのときも、父上は本当のことを教えてくださらなかったということですよね」

兵庫がしょんぼりと足先の石を小突いたときだった。

「あの、もし……」

振り向くと、志乃と同じ四十恰好の女が立っていた。

「ああ、やっぱり」

女がそう言って微笑んだとき、頰骨の高い顔にぱっと笑窪があらわれた。

「まあ、多江《たえ》様」

志乃は思わず声が弾んだ。

嫁してすぐの頃、近所で親しくしていた武家の妻女だ。今も志乃が足を止めていたのは、多江とあの井戸を使っていた昔が懐かしかったからだ。

たしか嫁いで来たのは志乃のほうが数年遅く、界隈のことは何から何まで多江に教えてもらった。互いに無口なところも気が合って、志乃にしては珍しく小まめに行き来をしたものだ。大岡家が引っ越してそのうちに付き合いも途絶えたが、志乃には結局、多江より親しくする友は現れなかった。

「あのときも七夕でございましたね。嫁いで初めての井戸浚いにおそるおそる出た私に、多江様が親切にお声をかけてくださいました」

「覚えていてくださったのですか。嬉しゅうございます。相も変わらず私どもはあの井戸浚いでございます」

多江は笑って振り返り、井戸のほうへ指をさした。

「ちょうど志乃様はどうしておられるだろうと思い出していたところでした。そうしたら佇まいの似た方がおられるもので、勇気を出して声をかけてみましたの。ですがまさか供も連れずに歩いておられるなんて」

志乃は気遣いつつ笑みを浮かべた。こちらが高禄になったことは多分知られているのだろう。だから志乃はこうしていつも、身の置きどころのない孤独の中にいる。

多江がちらりと兵庫に目をやった。

「ああ、申し遅れました。嫡男の兵庫でございます。まだ十三で、元服も済ませておりませず」

兵庫が笑って頭を下げる。

「やはり左様でございましたか。大岡様に似て、お背の高い」

にっこりと多江も頭を下げた。

「志乃様……、実は私どもは郷里へ帰ることにいたしました。できれば一度、お話をさせていただきたいのですが」

「まあ、紀州へ」

「はい。こうして御目にかかれたのもやはり、けじめかと存じます」

志乃は首をかしげた。何か、辻の立ち話では足りないのだ。

「ならば明日でも明後日でも、宅へいらしてくださいませ」

そのとき井戸端から童女が駆けて来た。五つ六つだろうか、どこか懐かしい愛くるしいお下げ髪をしている。

多江が振り向いて抱き留めたが、面差しが多江に似ている。

「娘の子で、お花《はな》と申します。五つになりました」

「まあ、ではお雪《ゆき》ちゃんの」

多江が目尻を下げてうなずいた。志乃にまだ子がなかったあの時分、志乃を慕って後ろをついて歩いてくれた多江の子だ。

志乃はお花の背丈にしゃがんで、艶やかな髪を撫でた。

「初めまして、お花ちゃん。おばあ様のお友達で志乃と申します。お花ちゃんの母上があなたぐらいだったとき、この近くに住んでいたのですよ。今度はうちへも遊びに来てくださいね」

お花はこっくりとうなずくと、紙でできた箱を袂から取り出した。

お花の手のひらほどの大きさで、一回り大きく折った箱が蓋になっている。お花がその蓋を取ると、中には紙で拵えた人形がいくつも入っていた。

このところ流行っている折り紙で作ったものだった。芯にした短冊の先に垂れ目の笑顔が描いてあり、首の辺りから色の違う紙を少しずつずらして貼りあわせてある。

「可愛らしいこと。十二単をお召しのお姫様かしら」

お花はその一つを選《よ》って、志乃に差し出した。

「あげる」

「まあ。大切なお人形でしょう。お花ちゃんが持っていらっしゃい」

「いいの、あげる」

志乃が戸惑っていると、隣に多江がしゃがんだ。

「お花、この方にはいけませんよ。ごめんなさい、志乃様。この子は次から次へとこんなものを、会う方ごとに差し上げようとして」

お花はまだ人形を突き出している。

「母上」

兵庫が声音で、貰っておけと言った。

志乃はにっこり笑って手を伸ばした。

「ありがとう、お花ちゃん。私はこんな可愛いお姫様は見たことがありませんよ」

するとお花は誇らしげに多江に笑いかけて、また井戸のほうへ走って行った。

「ごめんなさい、志乃様」

「いいえ、とんでもない」

志乃は微笑んで紙人形を大切に襟に入れた。

「多江様。今日は本当に御目にかかれて嬉しゅうございました。では明日にでも」

「いえ、明日はちょっと。明後日お伺いいたします」

「承知いたしました。楽しみにお待ちしています」

頭を下げて別れたとき、ここで暮らしていた日の夕暮れがよみがえってきた。いつもこうして辻で別れ、明くる朝には井戸で会い、互いの声を聞かぬ日などなかった。

やはり懐かしい町だと、角を曲がるときにもう一度振り返った。多江がまだ深々とこちらに腰を折っていたので、志乃はあわてて前を向いた。


明くる日の夕刻、忠光が御城から帰って来た。志乃も待ちかねていたが、兵庫は弟たちも押しのけて一人でまくしたてていた。

忠光はいつも通りの、聞いているのかどうかも分からぬ顔をしている。

「それがしはあれほど驚いたことはございませんでした。なにゆえ父上は一度も話してくださらなかったのですか」

着替えを手伝っている志乃のそばで、兵庫は顔を上気させて座敷をぐるぐる歩き回っている。

「それでも、まだ信じたわけではございませぬ。ですが御奉行様は、それがしが励んで実際にこの目で見られるようになればよいと仰せでございました。それゆえ、それがしは励むつもりでございます」

「武士の子が、そのように一つのことを言い募るものではない」

ついに忠光は鬱陶しげにあっちへ行けと手を払った。

だが兵庫は怯《ひる》まなかった。大声で畏まりましたと応え、そばから離れない。

「兵庫、もうお行きなさい。父上のお疲れも分からぬのですか」

「はい。では元気に書でも読んでまいります」

志乃は呆れてため息を吐いた。

忠光というのは子供嫌いでも子を可愛がらぬわけでもない。だがわずかも頬を緩めず、静かに縁側に腰を下ろした。

庭の木で鳥たちが鳴き交わしていた。

志乃は夫が静寂を好むことを知っている。だから御城から戻って来ても、ただ黙って忠光が口を開くまで待つのが常のことだった。

夫がそれを望んでいるのは分かっていたから、志乃は御城のことも家重のことも、いまだかつて尋ねたことがない。

「越前守様は御息災であられたか」

「はい」

「あの辺りは……。ずいぶんと変わったのだろうな」

　忠相の屋敷がある日比谷の近く、志乃たちが夫婦になってすぐの数年を過ごした町は、忠光にとってとても懐かしい場所なのだろうか。

「旦那様は、勘定方の土屋《つちや》善左衛門《ぜんざえもん》殿を覚えておられますか」

「ああ、覚えている。奥方はたしか多江殿といわれたかな。そなたは仲良うしていただいていただろう」

「はい。昨日、越前守様の御役宅から戻る道すがら、偶然お目にかかりましたの。それで明日おいでいただく約束をしたのですが、宜しかったでしょうか」

「そうか。私は御城ゆえ、気遣いはいらぬ。志乃、この世に偶然などというものはないのだぞ。神仏がそなたに会わせてくださったのだろう」

「忝うございます」

　手をついたとき、襟元でかさりと紙の擦れる音がした。

　志乃は思わず笑みが漏れた。

「旦那様。多江様にお嬢様がおられたのを覚えていらっしゃいますか。お雪ちゃんといって、あの時分はたしかまだ五つ六つでしたかしら。それが、もう嫁がれて、五つの娘さんがおられるのですよ。お雪ちゃんに瓜二つで、本当に驚きました」

　その子がくれたのだと言って紙人形を取り出して見せた。

そういえば志乃はお雪に花冠を貰ったことがある。あれも上手に編んであったが、この紙人形は多江かお雪が手伝ったのだろうか。墨で器用に描いてある顔は、たぶん大人の筆だ。

「すまぬがな、志乃」

つと顔を上げると、忠光が昏い目で志乃の手元を見つめていた。

「大岡では紙一枚受け取れぬと申して、返してまいれ」

「旦那様……」

「そなたが返しにくいならば、私が行って来よう」

そう言うと、即と忠光は立ち上がった。

「お、お待ちくださいませ、旦那様」

「父上!」

振り返ると兵庫が鴨居の真下に仁王立ちになっていた。

「まさか正気でございますか。そのような紙人形を返して来いとは」

「そなた、盗み聞きか。感心せぬ」

つねから冷ややかに聞こえる声は、より一層、志乃たちを突き放すようだった。

兵庫はいっきに顔を赤くした。

「父上。母上がこれまでどれほど恥ずかしい思いをしてこられたか、考えてみられたことはないのですか。昨日、御奉行様のもとへ伺うのにも、母上は手ぶらでございました。父上は何もご存じないゆえ、そのように澄ましておられるのです。大岡は付届も受けぬかわり、手土産に饅頭一つ寄越さぬと見下されております。父上が吝《しわ》いと言われなさるのですよ」

「兵庫、父上になんという口をきくのです。謝りなさい」

「父上はいつも、大岡は一切、誰からも何も貰うてはならぬと言うてまいられました。全く、なにゆえそこまで潔癖になさるのです。何か疚《やま》しいことがおありなのですか」

「兵庫！」

志乃はこれほど大きな声は出したことがなかった。

だが兵庫は今度は志乃を睨んできた。

「母上がいつも唯々諾々と父上に従われるゆえ、父上は我らの苦しみを分かろうとなさらぬのです」

「兵庫、お止めなさい。旦那様、どうぞお許しくださいませ」

「なにゆえ母上が謝るのです」

そのとき忠光がこちらに向き直って兵庫を見下ろした。

「そなた、せめて母上に八つ当たりはやめるのだな」

「八つ当たり？　何がでございますか」

「苦しみと申したか。兵庫にとっては、その程度のことが苦しいか」

忠光はため息を吐くと、すっかり聞いてやるとでもいうようにその場に腰を下ろした。

だが兵庫は立ったままで父を上から見ている。

「父上はずっと私たちを欺いてこられたのですね。もしも父上だけが上様の御言葉が分かるというならば、お隠しになるはずがない。そのようなことが真実ならば、私たちには堂々と仰せになるはずです」

「兵庫、せめてお座りなさい」

志乃もそう言いながら座ったが、兵庫は鴨居の下から動かない。

「母上も正直に申し上げてください。こんな紙人形を返しに行くのがどれほど恥ずかしいことか。せっかく作ってくれたお花ちゃんも可哀想だ」

「そなた、人の名まで持ち出すとは、いい加減になさい」

「ならば母上は、本気でそんな紙人形を返しに行くおつもりですか」

兵庫が顎をしゃくったので、志乃は握りしめていた手を慌てて開いた。紙人形はすっかり皺くちゃだった。

志乃は辺りが滲んで見えてきた。嫁いで来て間もない頃、多江にはもう子が大勢いた。志乃は羨ましくてならなかった、それなのに。

――しばらく子はいらぬ。

家重が子を亡くしたばかりのときだった。

だが将軍継嗣が家臣の一人にすぎない忠光をどう思っているかぐらい、志乃にも想像はつく。ただそれでも家重の悲しみに寄り添おうとする忠光に、志乃はあのとき寄り添うと決めたのだ。だから素直に従ったのだ。

今までも、これからも。志乃は他の生き方など考えない。家重が忠光をどう思っていようが、その不如意がどうであろうが、志乃には関わりがない。たとえ志乃が形だけの妻であろうと、志乃の忠光への思いは変わらない。

――それゆえな。子ができぬから里へ帰らねばならぬなどとは呉々も考えてくれるな。

志乃にはあの言葉で十分だ。

「旦那様。多江様は明日ここへおいでになります。そのときに必ずお返しいたします。どうぞ、それでお許しくださいませ」

兵庫はもう忠光を見ようともせず、足を踏み鳴らして座敷を出て行った。

二

志乃が嫁してすぐのことだ。家重の御簾中、比宮が懐妊するという慶事があり、忠光は一挙に知行八百石となる加増を受けた。

あれは神君家康公の江戸初入府を寿《ことほ》ぐ八月朔日でもあったのだろうか。

忠光が御城から帰り、志乃がちょうど太刀を掛けていると、姑が困った顔をして居室へ入って来た。

「実は最前、おすずが顔を出したのですけれど」

姑が指さした座敷の隅に、いつの間にか象嵌の美しい文箱が置かれていた。

おすずというのは忠光の妹だ。八朔の挨拶かたがた一人でひょっこり戻って来たが、姑が茶を用意しに厨へ立っているあいだに、これを残して帰ってしまったのだという。

「松平様は目も肥えておられるゆえ、きっと高直な品であろう」

庭で鍬を動かしていた舅がぽつりと言った。

おすずの嫁ぎ先は、遡れば家康の異父弟に行き着くという名門譜代の傍流で、名乗りは松平だった。

「舅殿に渡すように言われたのでしょう。大岡では受け取らぬと分かっているゆえ、黙って置いて帰ったようで」

嫁ぎ先で途方に暮れている大人しいおすずの姿が目に浮かんだ。常ならば嫁いだ身にとって、里の栄達ほど心強いものはない。

「承知いたしました。私が返してまいります。志乃、供をしてくれるか」

「かしこまりました」

夫と城下を歩くのは初めてのことだった。志乃はつい笑みが浮かんではっとしたが、姑は穏やかな目で志乃にうなずいていた。

もともと志乃と忠光の縁組は双方の親が決めたもので、強いて言えば、なぜか大岡の姑に志乃が望まれたからだった。

家禄はどちらも三百石で、志乃には兄があり、忠光には妹がある。夫とのあいだの似通ったところといえばそのくらいのもので、とつぜん父の上役を通して縁談を持ちかけられたときは、親も志乃も面食らってしまった。同じ三百石とはいえ志乃の父は御蔵奉行配下、いっぽうの忠光は将軍継嗣付きの小姓で、この先の出世は計り知れなかった。

志乃の二親はそれを得意がるような人たちではなかったが、なにより歳の頃合いもよく、親どうし見知ってもいたので、とんとんと話はまとまった。嫁してみれば夫は志乃に輪をかけたように無口で温和で、志乃は文句の付けようもなく仕合わせな縁に恵まれたと思った。

「あの、旦那様。出過ぎたことを申しますが」

「ああ、構わぬ」

「おすず様の御心を思えば、お返しにならず、相応の品をお贈りになったほうがよいのではございませんか」

志乃も嫁いで来るとき、忠光が家重の御側ゆえに付届のつきあいは一切できぬと釘を刺されている。志乃の二親はそれを聞いてむしろほっとしていたが、おすずの嫁ぎ先でも事情は似たり寄ったりではないのだろうか。

だが志乃も嫁してみて、あまりのその徹しぶりに、実は少し辟易したこともあった。

「あの……、先様では突き返されたと不快に思われることもあり、かえって旦那様にとって御損になるのではありませんか」

そもそも上役への時候の挨拶や中元、歳暮の進物は、粗略にしてはかえって無礼にあたる公的なものとされている。それに、貰う分にはまだしも、やはり物を贈りたいときというのはある。

「志乃の申す通りかもしれぬ。だが私は侍講の室先生に教えていただいたのだ。なにも高直な物ゆえ賄《まいない》にあたるというわけではない。心のこもった値のつけられぬ品のほうが、志乃とて心を動かされるだろう」

「はい。それは仰せの通りと存じます」

「どの道、私はもうこれまでに幾度も付届を断った相手があるのでな」

ならば途中で止めれば言葉を違えたことになると、夫は平然としていた。

「ですが心のこもったお品を返しに行くほど、足の重いものもございませんね」

文箱は志乃が風呂敷に包んで持っていた。道ですれ違う一体誰が、進物を返しに行くところだなどと思うだろう。

「いや、それほどでもない。私はひどい失態をしてな、一歩ごとに切腹だ、御家断絶だと思い詰めて、涙を堪えながら歩いたことがある。それに比べれば、どうということもない」

「まさか、旦那様にそのようなことがございましたか」

「越前守様に初めて御目にかかった折のことだがな」

志乃は心底驚いた。

その時分は忠相もまだ町奉行だったが、とてものこと、おいそれと遠縁にあたるなどとは言えぬ身分の差があった。志乃は白洲に引き据えられる夫の姿までぱっと浮かんだものだった。

「長福丸様の小姓に任じてもらえると聞いて浮き足だってな。御目見得でお声をかけていただいたと、大喜びで父上、母上に話したのだ」

「まあ。旦那様は、家重様にお声をかけていただかれたのですか」

御目見得とは、少禄の旗本でも言葉をいただけるものなのだろうか。

あのとき初めて、志乃は妙に思ったのだった。そもそもなぜ忠光は家重の小姓に選ばれたのか。

たしかに町奉行と縁続きではあるが、将軍継嗣の小姓になど、忠相の嫡男でさえ任じられることはない。大身の名門譜代に限られるというのがまず第一で、十五、六にもなって白羽の矢が立つというのも稀なことだった。

「あれから私は口を慎むことにしたのだな。私の不手際で父上、母上を巻き込んでは大ごとであろう」

それに今は、真っ先に志乃を巻き込むことになる――

忠光は恥ずかしそうに微笑んでそう言った。

松平の家に着くと、忠光は玄関を上がりもせずに頭を下げた。

「おすずがどれほど大切にしていただいているか、身に沁みましてございます。妹の舅殿からこのようなお品をお受けしなかったからには、それがしは生涯、どなた様からのお品もお受け致しませぬ。それゆえ、可愛げのない頑固者と、ご容赦くださいませ」

忠光は丁寧に腰を折り、あとはあっさり門を出た。

多江が来るのを待つあいだ、志乃は遠い日のことばかり考えていた。

だから多江が現れたとき、志乃は昨日の続きで会ったような気がして、すぐには多江がおどおどしているわけが分からなかった。座敷へ入った多江が深々と手をついて、顔を上げてようやく、ずいぶん年月が経っていたことを思い出した。

「多江様。どうか私たちのあいだでは、そのようなことは抜きにしてくださいませんか。でなければ私は、友と呼べる方が一人もいなくなってしまいます」

「でも……」

「夫に多江様とお会いしたと話したら、神仏の計らいだと喜んでくれました。ですから今日はその言葉の通りに致しましょう。せっかく神仏が会わせてくださったのです、人の決めた枠の中でお会いするのは相応しくありません」

多江がくすりと笑った。

「やっぱり志乃様ですね。昔から、志乃様はどこか皆とは違いましたもの。では今日だけはお気持ちに甘えさせてくださいませ」

互いに安心して、ほっと笑みがこぼれた。

「志乃様。先達ては御目にかかれて嬉しゅうございました。江戸を離れる前に、最後に志乃様にお会いしたいと願っていたら辻に立っておられたんですもの。もう、吃驚するやら感激するやら」

だとしたら、この再会はやはり偶然ではなかったのだ。

「ですが江戸を離れられるというのは」

「夫も隠居して随分になりますし、もともと私どもは墓も紀州にございます。できれば親たちを江戸に呼び寄せたかったのですが、ついに上手くいきませんでしたので」

陰のない笑顔で朗らかに言った。

多江の夫は吉宗が八代将軍に就いたとき、ともに江戸へ下って幕臣になった元紀州藩士だった。吉宗は紀州藩を藩屏《はんぺい》として残すため、さらには旧来の幕臣と新参の元紀州藩士との諍いを防ぐため、紀州からはあえて小身の家士ばかり、それもほんのわずかな数だけを江戸へ連れて来た。

小身ということのほか、吉宗がどんな存念で引き抜いたのかは分からない。だがともかくも多江の夫は、それに選ばれて新参の幕臣、旗本となった。

江戸での御役は勘定奉行配下の勘定方で、算勘に長けていた多江の夫は、意気揚々と江戸へ乗り込んだ。

だが幕府財政を立て直すのに懸命だった吉宗の時代、勘定方は最も熾烈な、他のどこより能力のいる役所になった。実力本位で身分にも生国にもよらずに新しい者が次から次へと取り立てられ、その中で多江の夫はなかなか親を呼び寄せることができず、そのうちに吉宗の世は終わった。

だが九代家重もその改革の道は踏襲している。となれば後を継いだ多江の子も、今の家禄を守れるかどうか定かではない。それならまだ親戚も残っている今のうちに多江たちだけでも紀州に戻ったほうが、子らの暮らしは成り立ちやすい。

「志乃様には御礼を申し上げに参りました。江戸にいるあいだに、なんとかそれだけはお伝えしたいと念じておりました」

そうしたら思いがけず会うことができた。忠光が偶然ではないと言ってくれたように、まさに誰より多江が神仏の計らいだと信じたのである。

「私にとって志乃様は、妻の鑑のような方でした。無駄口はきかれず、噂話はなさらず、旦那様に何もかもお委ねになっている。舅様、姑様にも本当に尽くしておられましたし」

「そのような。ただ私は、姑が嫁にと望んでくれましたので……。感謝しておりました」

この縁組に文句を言えば罰があたる。嫁いだはじめから、志乃は自然にそれだけは思ってきた。

「大岡様のお宅が決して付届を受け取られぬことは、私は夫から聞いておりました」

「まあ。土屋様が」

「なぜ夫と、そんな話をしたと思います？」

多江が懐かしい悪戯っぽい笑みを浮かべた。すると志乃がいつも憧れていた笑窪が現れた。

互いに少しは話がしたくて、刻限を合わせて井戸へ水汲みに出ていた遥かな日々。夫が出世を繰り返す暮らしの中で、志乃にとって友として顔を思い浮かべられるのはいつしか多江だけになっていた。

「夫の御役が上手くゆかず、どなたかに口をきいていただこうと夫婦で話していた時期がございます。そのとき夫が、大岡様のところが一番だが、どうあっても無理だと笑い出しましたの」

大岡家では賄になりかねぬものは決して受け取らない。ならば結局、付届など所詮は無駄なことだと夫婦揃って目が覚めた。

「なにしろ大岡様では、お雪の作った花冠が賄になると仰るのですから」

志乃はつい噴き出した。

「私も忘れませぬ。あのときは離縁されかけましたから」

互いに手を打って、娘のように笑い声を上げた。

多江の娘、お雪が庭の桔梗で花冠をこしらえて志乃に贈ってくれたことがあった。だが忠光は案の定、返して来いと冷たく言った。大岡では一切頂戴物はせぬ、返さぬならば離縁だと。

「志乃様は、これだけは返さぬと忠光様に楯突いたと仰せでございましたね。まさか離縁は本気にせぬまでも、大岡様では花冠一つでここまでになるのだと、あれで私も深く肝に銘じていたはずですのに」

多江はふざけて胸に両手を当ててみせた。

「ならば真正直な御方こそ、賄は受けてくださらぬと気がつきました。それに私たちはもう、何が賄にあたるのやら付届になるのやら、お雪の花冠のせいでさっぱり分からなくなってしまいました」

多江は心底可笑しそうに笑っている。

だが忠光が軽々しく離縁などと言い出すはずはなく、あのときは志乃も本気の覚悟で逆らったのだ。

だからもしも忠光が折れてくれなければ、真実、志乃は里へ帰っていた。

——左様でございますか。旦那様の目にはこれが物と映るのですか。ならばお尋ねいたします。お雪ちゃんに等分にお返しできる品はこの世のどこにございます。もしも越後屋で着物を誂えて差し上げれば、それでとんとんになりますの。

ひどい剣幕で言い放った志乃に、忠光はただ茫然としていた。

「夫も、私のあのような様は見たことがございませんでしょう。精いっぱいの負け惜しみを申しましたの。見よ、三井の反物より高直なのではないかと」

多江は笑うあまりの涙で、目尻を拭っている。

——幼子の摘んだ野の花を賄だと申して受け取らぬような御方は、私はとても旦那様と呼んで敬ってゆくことができませぬ。今日を限りに里へ帰らせていただきます。

志乃はたじろぐ忠光を振り切って、大声で兵庫を呼んだ。

——兵庫、あなたの父上はこのような花冠を返して来いと仰せになったのですよ。それゆえ、母上は父上と離縁いたします。せめてそなただけは物の値打ちが分かる侍におなりなさい。

座敷の騒ぎに、姑が不安げに顔を覗かせた。

気遣いに溢れた優しい目を見たとき、志乃は箍《たが》が外れた。

――義母上様。私はこれまで黙って旦那様に従ってまいりましたのに。家重様に御子ができるまで己に子はいらぬと仰せになったときも、私はずっと旦那様が正しいと信じてまいりましたのに。

しがみついて泣き崩れた志乃の背を、姑が何度もさすってくれた。

――志乃さん、私には分かっていますよ。志乃さんは、忠光がなにゆえ何も話してくれぬのか、寄り添わせてくれぬのかと悲しいのでしょう。でも、どうしても忠光の口からは申せぬのですよ。

だから私が、志乃さんにだけは話しましょうね。

――そのかわり志乃さんも、このことはもう今日だけで忘れてくださいな。家重様のお苦しみを元手に、己を誇るにも等しいのですから。

そう言って姑は、忠光が無言を貫くいきさつを話してくれた。家重が口をきけぬとは言わなかったが、その身体には余人が推し量れぬ事情があり、それが露見せぬためには忠光が欠かせぬのだと知った。

――忠光は生涯、家重様の御身代わりを務めなければなりませぬ。そのためには、どこからも誰からも、どのような疑いの目を向けられてもならぬのです。まことに畏れ多いことながら、忠光が法度に触れて御側を遠ざけられたら、家重様はどれほどお困りになられましょう。忠光の代わりは、どこの誰にもできぬのです。

あのとき志乃は、夫は家重の影武者を務めているのだと思った。たぶん家重は身弱で、さまざまな儀礼を欠かしてしまう。そのとき忠光は畏れ多くも、家重の身代わりを務めているのだと。

そうとなれば忠光が少禄から格別に取り立てられた理由も分かる。きっと忠光は、家重に顔かたちがそっくりなのだ。

——忠光の真の願いは、家重様にとって己が無用となることですよ。志乃さんは、それを分かってくれるでしょう。

ああやはりと、志乃は納得がいった。家重が廃嫡などと取り沙汰されぬときが来れば、忠光は家重にとって無用になる。

姑はゆっくりと志乃が泣き止むのを待って、桔梗の花冠に手を伸ばした。そのときにはもう桔梗は色が褪せていた。

——ほら忠光、これではお返しすることにはなりませぬ。志乃さんがいただかれた花冠は、秋の空よりも美しい藍色をしていたではありませんか。

「まことに志乃様のおかげでした。正直、私どもはそのうち、賄も付届もどなたにもお持ちする余裕はなくなりました。そうなるとやはり、会いづらくなる方もありました」

志乃にも分かる。めでたい正月に、赤子が生まれた祝いに、昇進の節目に、心をこめた品の一つも持たずに出向くのは、なんと頼りなく寂しいことか。

「ですが志乃様にだけはいつでも会えると思ってまいりました。だって、もとから物のやりとりを一切してこなかったのですから」

作法通りの不祝儀も、黒豆をたくさん煮たときも、庭に季節の花が咲き乱れたときも、志乃と多江は何も贈り合わなかった。そのせいで志乃は苦手だった人づきあいがさらに億劫《おつくう》になったが、多江は唯一、そんな志乃の暮らしを受け入れ、合わせてくれた。

志乃たちが家移りしてすぐ、多江の夫は知行を削られた。ちょうど嫡男を町方の算勘塾に通わせていたときで、暮らしはいっきに厳しくなったという。

そのとき多江は志乃を頼ることを考え、すぐ考え直した。

「志乃様がどこにお住まいかはすぐ分かります。ですから、いつでも伺うことはできました。なにしろ手土産も持たず、何も頂戴物をせずに帰って来られるのですから」

褒められているのに志乃は少し寂しかった。

「ですがあのときを堪えたおかげで、志乃様にはこうしてずっと若い時分のまま、近しさを持っていることができました。今日も大手を振って、何の引け目も感じずに手ぶらで伺うことができましたもの」

多江の頰に優しげな笑窪が揺れている。

志乃は己にうなずいて襟元に手を差し入れた。指の先で、かさりと儚げな紙の音がする。あれから三日のあいだ、志乃はこの紙人形を大切に胸に入れてきた。

これを作ってくれたお花の母親は、ちょうど同じ歳の頃、志乃の頭に美しい花冠を載せてくれた。

「多江様。どうかお許しくださいませ」

志乃は紙人形の笑顔を多江に向けて、そっと畳の上を滑らせた。

花冠をもらった昔と違って、志乃はもう夫が付届を受けぬ理由を知っている。家重の日々の暮らしをなだらかにするために、夫がその傍らを離れたくない心を何より尊いと思っている。

夫が寄り添いたいという願いは、志乃も守りたい。この世に偶然などはない。志乃がこうして多江と会えたのが神仏の計らいなら、忠光が家重に見出されたのも同じ計らいなのだ。

「私にとって、これほど手放したくないものはございませぬ。ならば、これ以上の賄もないのですから」

多江の笑窪は、同じことを思ってくれている証のようだ。

「ではこれは、私が江戸の志乃様を思い出すよすがに持っておくことに致します。これから先、弱い心に負けぬように」

付届など忖度せずに生きていけるように。

「私は此度もまた、お花ちゃんの姫人形を返す返さぬで、兵庫と大喧嘩をいたしました」

「まあ。私ときたら、二度も志乃様を離縁の淵に落としかけたのですね」

最後に二人で声を上げて笑った。

「兵庫さんなら、きっとすぐ御機嫌を直されますよ。本当に素直で、どこかしら品の良い御子でした。志乃様には身分の隔ては感じませんでしたけれど、兵庫さんのことを思い出すたび、あの御子の親ならばと、ご出世も不思議ではありませんでした」

志乃でもなく夫でもなく、まだ幼かった志乃の子で。友というのは意外なところを見ていてくれる。

「ならば私も、兵庫には感謝することにいたします」

「志乃様、これまで様々にありがとうございました。お花が、とてもいい匂いのする奥方様だったと申しておりました」

多江はそっと笑窪を浮かべて帰って行った。

三

吉宗の隠密を務めてきた万里は、吉宗が死んでからは番士として御城に詰めることが増えていた。六十歳の節目も近くなり、このところの万里は己の引き際について考えるようになっていた。

番士の御役はともかく、御庭番としては身体もきつい。昔のように遠江《とおとうみ》や大坂まで飛脚の如くに駆けて行くことはできなくなったし、なにより吉宗がいなければ張り合いもない。家重が将軍になり、こうして治世も丸八年恙なく過ぎてみれば、己もこのまま静かに身を引けばよいのではないかと思えるようになった。

それをとりわけ思うのは、元服したばかりの若者をこうして家重の御座之間へ先導して歩くときだろう。背中越しに伝わってくる緊張感に、万里はいつの頃からか、ただその若者の幸いだけを願うようになってしまった。働きぶりで負けるものかと、こちらが拳を握るようなことはなくなった。

宝暦三年（一七五三）のその日、万里が畳廊下を先に立って歩いていたのは、大岡忠光の嫡男、兵庫改め忠喜《ただよし》だった。大勢でいちどきに拝謁するというなら珍しくはないが、忠喜は家重の格別な計らいで、独礼で拝謁を賜ることになっていた。

万里は廊下を歩きながら、つい笑みが湧いてくるのを噛み殺していた。この謁見が実現するまでに家重と忠光が長々と口喧嘩をしていたのを、どうしても思い出してしまうからだった。

口喧嘩——

まさにそうだと、今でも思う。万里はもちろん家重の言葉は聞き取ることができないから、答える忠光の言葉から推測するしかない。だがどうやら忠光が家重の言葉を周囲に伝えようとしないのを、家重が怒ったらしかった。

万里が障子の隙間から見たのは、忠光が懸命に頭を下げている姿だった。

——まことに恐悦至極にございますが、忠喜にのみ謁見を賜るとは、それがしが願い出たとしか思われぬ仕儀でございます。

——畏れながら、これほど御役目を私することもございませぬ。こればかりは、上様の御言葉でもお伝えするわけにはまいりませぬ。御側として、それがしのせいで上様にまで疵が付きかねぬことはできませせぬ。

――忠喜は元を正せば三百石の旗本の小倅にございます。そのような誉れを頂戴できる身ではございませぬ。

忠光は頑強にすぎたが、万里もこれは忠光の惧《おそ》れのほうが正しいとは思った。家重はたしかにもう廃立を図る者もそうは現れぬ身だが、先年、新たに老中に就いた酒井忠寄《ただより》などはどうも家重を軽んじているところがあった。

それを思えば、まだまだ万里も引き際などと考えているときではないのかもしれない。あと数年、せめて木曽三川の大普請が無事竣工するまでは、気合いを入れ直したほうがよいのではないか。

とまれ、今では家重の機転と智恵は、忠光が追いつこうとして追いつけるものではなくなった。

はやばやと忠光に思い直させるのを諦めた家重は、涼しい顔で田沼意次《たぬまおきつぐ》を呼ばせた。

意次は紀州藩から吉宗に従って幕臣となった小納戸頭取の子で、父の跡目を振り出しに立身を続け、一昨年、御側御用取次に任じられていた。その聡明さには誰もがただ目を瞠り、家重もとうに見抜いて重用していた。

二人の前にやって来た意次は、落ち着かぬげに尻を浮かせている忠光と、呆れ笑いの家重の顔を見比べて、即座に何がどうなっているかを悟ってしまった。

――もしや忠光様の御嫡男、大岡忠喜殿の拝謁の一件でございましょうか。

先達て元服したことを聞いたのだと、意次はにこやかに口を開いた。

――上様が拝謁を賜ると仰せのところ、忠光様が遠慮して断っておられるのではございませんか。たぶん忠光様は、己が願い出、上様が聞き届けなさったと思われては、上様が贔屓を疑われると仰せなのですね。

家重は満面の笑みで大きくうなずき、腿を打った。

――意次、ようできた。そなたの申す通りじゃ。

忠光がしぶしぶ家重の言葉を伝えた。

意次は嬉しそうに続けた。

――ならば、上様が斯く仰せじゃと、それがしから月番の御老中に伝達いたしてもかまわぬでしょうか。来月ならば、月番はちょうど松平武元《たけちか》様でございます。

――そうじゃ、忠寄ではなく武元の折がよい。

もはや忠光はあんぐりと口を開けて二人を見守るばかり。意次は手妻《てづま》のように家重の言葉を引き出すと、素早く座敷を出て行った。武元は亡き吉宗が格別に家重のことを託していった老中で、腹に含むところがなく、皆から厳正方格といわれていた。

こうして忠喜は、本来ならば将軍が前を通る際に礼をするだけのところを、白書院次間で格別の拝謁を賜ることになった。

上段にはすでに家重が座していた。傍らには通詞として忠光が控え、万里は板縁に座って三者を眺めることになった。

忠喜は家重の世子、家治と同年の十七歳である。これまで御城に上がったこともなければ、父の務めぶりを見たこともない。家重の身体の不如意は知っているのだろうが、その横顔を見るかぎり、緊張のあまりそれどころではないらしかった。

まっすぐに顔を上げた忠喜は、家重が聞き取れぬ言葉を口にするのを、ただ仕合わせそうにじっと見つめていた。

「そなたは余が初めて会った折の忠光によく似ている」

「忝うございます」

忠喜は大きな声でそう応えると、深々と頭を下げて、またすぐに顔を上げた。

このあたりは忠光と違って小さくなりすぎることもない。家重もそう思ったのか、頼もしげにうなずいた。

「余は、まずはそなたに詫びねばならぬ」

「滅相もない。それがしは本日初めて上様にお目通りが叶いましてございます」

言い切ると即座に手をついた。そしてまた、すっと顔を上げる。

忠光よりも意志の強そうな、堂々とした顔つきだった。小身の旗本の生まれだった忠光と違って、忠喜は物心ついたときには父が将軍に近侍する身分だったからだろう。

「余の言葉は、そなたの父のほかには誰も聞き取ることができぬ」

忠喜はぴくりとも動かずに家重の顔を見返している。

「どうだ、そなたの父は見事に余の言葉を伝えておるであろう」

「も、勿体ない御言葉にございます」

応えはしたが、頭を下げるのは忘れている。

家重が優しく微笑んだ。その頰には引き攣れがあるのだが、忠喜は全く気づかない。

「忠光がおらねば、余は諸侯に、大儀至極とさえ申すことができぬ。奥へ戻っても、茶を持てと誰ぞに命じるのも一苦労じゃ」

忠喜は懸命に目を見開いている。ようやくその言葉が父の声で伝わっていると気づいたようだ。

「ゆえに忠光は、なかなか余の傍らを離れることが叶わぬ。母君とそなたたちには、さぞ寂しい思いもさせたことであろう」

「畏れ多いことにございます」

なんとかそう応えて手をついた。だが首を振る智恵は浮かばぬらしく、その目は家重と忠光のあいだを行ったり来たりしている。

「忠喜」

「はい」

頭を下げて、すぐ上げた。

「余は忠光がおらねば、将軍にはなれぬところであった」

忠光が家重の言葉を伝えたが、忠喜にはまたしても父の声とは思えぬようだ。

一方の忠光はかねて城表ではどんな私情も挟んでこなかった通り、完璧な家重の通詞に徹している。その折の忠光の声音は、慣れているはずの万里でもときに家重の声かと思うほどだった。

「余が恙なく九代となり、大御所様を安堵させられた喜びは何物にも代え難い。だが余にとって、初めて忠光と会い、余の言葉を解してくれると分かったときの嬉しさに勝るものはない」

そのときだった。とつぜん忠喜が大きくしゃくり上げた。

だがいくらなんでももう十七なのだ。童のように泣きじゃくる侍があるかと、万里は密かに眉をひそめた。

家重はただ上機嫌で忠喜を見守っている。

忠光も忠光で、嫡男の醜態にも全く動じていない。顔色一つ変えずにいるのは、頭からこの場での忠喜を己の子などと考えてはいないからだろう。

「そなたの成長をどれほど待っていたことか。これでようやく余は、忠光の働きをそなたと母君に伝えることができる」

ついに忠喜は突っ伏した。

だがそうするといよいよ涙が溢れるようで、また大急ぎで顔を上げた。嗚咽を必死で堪えようとして耳まで赤く染め、これでは息が止まると、万里もつい身を乗り出してしまった。

「かまわぬ、忠喜。さあ、一つ息をせよ」

忠光が伝え終わると、家重はすうっと長く息を吸い込み、吐いてみせた。

忠喜は素直に真似をした。

座敷にはしばらく家重の息と、それに合わせる忠喜の息だけが静かに続いた。

二人の息は少しずつ小さくなり、やがて忠喜の涙も止まった。

「忠喜」

「はい」

「今日の忠光の働きぶり、しっかりと母君に伝えるのだぞ。忠光のことだ、きっと何一つ話しておらぬだろうからな」

忠喜は深々と頭を下げた。

拝謁が終わり、また忠喜を案内して畳廊下を戻るとき、万里はふと悪戯心が起こった。畳廊下の真ん中で、万里は一歩足を止めた。

思った通り、忠喜は鼻から万里の背にぶつかった。

「ああ、これはご無礼をいたしました。そ、それがしはまだ、どうも雲の上を歩いておりますようで」

すぐ間近で見た忠喜の顔は、やはりまだ少年のようだった。


半月ぶりで自邸へ戻った忠光は、なにか肩の荷でも下ろしたように清々しい顔をしていた。

夫婦揃って案じていた忠喜の拝謁が、十日ばかり前に無事終わっていた。あれ以来、母の志乃の目には忠喜が一廻りも二廻りも大人になったような気がして、舅と姑が生きていればどれほど喜んだだろうと、幾度も涙が湧いてきた。

志乃が茶を淹れて座敷へ戻ると、忠光は広縁に座って庭を眺めていた。

「忠喜はまだ学問所か」

「はい。拝謁をいただきましてから、急に学問に身が入るようになりました。このところは先生の所蔵書を読ませていただくと申して、日暮れまで帰りませぬ」

「そうか。ならばもっと早く拝謁を願うのであったな」

忠光もさすがに少し嬉しそうで、湯呑みに手を伸ばすと満足げに一口飲んだ。

「旦那様が厭がっておられましたので、忠喜の拝謁は叶わぬと思っておりました」

「忠喜は、上様のことは何か言っていたか」

「大層お美しい、市松人形のようなお顔をなさっておいでだと」

忠光はわずかに肩を落とした。

「御容貌のことなどを申しおったのか」

「はい。ですが越前守様の仰せの通りであったと聞かせてくれました。上様が母に伝えるようにと仰せあそばしたゆえだと、ずいぶん得意そうに申したのでございますよ」

志乃は思い出して微笑んだ。

家重の顔は忠光になど似ていなかった。

――母上のために、私がいつかきっと証を見つけて差し上げます。父上は真に、上様にこの上もなく信頼されておいでです。

「忠喜はいつか御城で御役に就いて、旦那様が一言一句も上様の御言葉を歪めておられぬ証を持ってきてくれるそうでございます」

　忠光はくすりと笑った。

「御城にはそんな珍しいものが落ちているのか」

「まあ、旦那様。言わないでやってくださいませ。せっかく励みにしているのでございますから」

　――それがしの感激をどうすれば母上にお伝えできるでしょうか。上様の通詞をしておられるときの父上は、お声まで変わるのですよ。いや、やっぱりあれは上様のお声だったのではないかなあ。

「志乃は大手柄だな」

「え？」

「上様が御子を授かられたと同じとき、私にも忠喜を授けてくれたではないか。どうにかして上様の御心に寄り添いたかった私を、志乃が上様に近づけてくれたのだ」

　そう言って忠光はまた一口、旨そうに茶を飲んだ。

　志乃は人よりは少し遅い十八のときに大岡へ嫁いで来た。婚礼のときおすずにはもう子があると知ったが、舅と姑にとっては外孫だった。そのせいなのか、いや、子のできぬ志乃を気遣ってくれたからだろう、おすずが孫を抱いて里を訪ねて来ることはなかった。

　大岡の人々の細やかな心配りに、志乃はずっと守られてきた。十日に一度、半月に一度と、他の小姓より間遠な下城のたび、夫のよそよそしさに苦しんだ志乃は、姑と舅、そして多江に支えられた。

「旦那様」

「ああ」

「なにゆえ私を妻にしてくださったのですか」

「はじめは母上さえ気に入っておられれば、それで十分だと思っていたのだがな」

志乃には誰よりも優しくしてくれた姑たちだった。子もおらず、帰らぬ夫を思って御城を見上げるしかなかったとき、夫はこの父母の子なのだと思って幾度も涙を堪えたものだ。

「だが私は、あるとき忠音様から教えていただいた」

忠光が小姓になって数年後、大坂から戻って来た老中だ。若くして亡くなったので志乃はついに会えずじまいだったが、忠光ともども恩を忘れたことはない。

「妻というものは、軒先に座っている背を見ただけで、御城で何があったか分かってくれるものだとな」

領国の梅をこの上もなく愛で、花の盛りの時節には枝ごと大胆に切って家重に届けていたという。

その一本をあるとき忠光は御城から持って帰り、庭に植えた。ちょうど家重が比宮を亡くして酒浸りになっていた頃だろうか。

薪にもならぬような、花の落ちてしまった細い枝だった。だが二人で添え木をし、囲いを立てると、明くる年から一つ二つと蕾をつけた。少しずつ大木の陰から離して植え替えられるようになり、屋敷が替わってもその梅だけは大切に携えてきた。

それが今、庭の中央に立派な枝を広げている。

「もう二十年かな。忠音様はこうも仰せであった。夫婦というものは、言葉に出さぬほうが上手くゆく、と」

――なあ、志乃。

夫が優しく呼んだ。

「私たちは、そうだったかな」

静かに梅を見つめていた忠光が、目を細めて志乃を振り向いた。

勝手隠密

一

宝暦八年（一七五八）四月、目安箱に二度にわたって同じことの書かれた訴状が投じられた。将軍直披と定められた訴状は、老中が居並ぶ御座之間で御用取次が読み上げることになっていた。

「畏れながら書付をもって御訴訟、申し上げたてまつり候」

その日、訴状を読んだのは四十歳になる田沼意次だった。

意次は元紀州藩士の小納戸頭取を父にもち、十六歳のとき家重の小姓に任じられた。あまりの有能さに累進を重ね、数年前には五千石にまで加増されていた。

訴えて出たのは美濃国郡上藩の百姓たちだった。

年貢が続々と上増しされ、勘弁を願い出た百姓頭取は片端から牢に放り込まれている。中には拷問で獄死した者もあるが、いっこうに百姓たちの訴えは取り上げてもらえない。幕府の命に逆らうつもりはないが、年貢は検見取《けみとり》ではなく定免取にするとの約定だった。それがいつの間に、なぜ検見取に替えられてしまったのか――

郡上藩の百姓たちの訴えは、切々と三十三ヶ条に及んでいた。

「この百姓どもは三年前にも、忠寄殿ご登城の折に駕籠訴をしておりました」

老中の松平武元が苦り切った口ぶりで言った。自身の相役、酒井忠寄の乗る駕籠に、件の百姓たちが直訴状を掲げて走り寄ったのだ。

駕籠訴というのは周囲の目を引き、町でも噂になることから、訴状はまず取り上げてもらえる。そのかわり訴え出た者は仕置きを受けるのが決まりなので死を覚悟しなければならない。ゆえに駕籠訴をするのはよほどのときに限られていた。

三年前にその駕籠訴があったとき、忠寄はたしかに取り上げ、町奉行所で吟味をさせた。だが当の百姓たちのあいだに訴えの齟齬があり、忠寄はそれを整えて出直せと命じて咎めなしとした。

以来鎮まっていたので、武元などはとうに解決したと思い込んでいたのである。

「正珍《まさよし》殿は何ぞ、聞いておられなんだのか」

武元は隣に座っていた老中の本多《ほんだ》正珍に尋ねた。

正珍は郡上藩主、金森頼錦《かなもりよりかね》の舅である。頼錦は禄高は四万石弱にすぎないが、正珍のつながりで幕閣との付き合いも広く、御城では奏者番を務めていた。

だが正珍は初耳だと首を振った。

「――――」

家重が口を開いたので、皆が上段のほうを向いた。

「どうやら郡上の百姓たちは、年貢増徴を課したのは幕府だと考えているようだな」

家重の側用人で若年寄も兼ねている大岡忠光がその言葉を伝えた。

「いえ、そのようなことのあるはずがございませぬ」

「左様にございます。藩領の支配に上様が口を挟まれぬことは自明でございます」

老中たちがこもごも口を開いた。

郡上藩主に金森家を任じているのは将軍だが、武家諸法度で縛りをかけているにすぎない。もとより領民も領国の支配も、金森家の勝手次第である。

「だが、そうは思うておらぬようではないか。どこであった、意次」

忠光が家重の言葉を伝えると、意次はたちまち訴状のいくつかの箇条を諳んじた。

武元たちはそれぞれ手元にあった訴状に目を落とした。そこには意次が口にしたのと一言一句違わぬ文字が書かれてあった。

「意次、どうしたことじゃ。そなた、見もせずに」

「それがしはたった今、訴状を読み上げましたゆえ」

「しかし一度読んだだけではないか」

忠寄と正珍も訴状を照らし合わせて感嘆している。

「なんとのう。意次は前々から大したものじゃと思うておったが、一読すれば頭に入るか」

武元が笑いかけたが、意次は全く表情を変えなかった。誇らしげに頬を紅潮させるわけでもなく、ただ当たり前だという顔つきをしている。

「意次、かまわぬ。そなたの知る限りで関わりのある役儀の名を挙げよ。申すまでもないが、これは将軍同座の老中評定じゃ。話は一切外には漏れぬ」

家重の言葉を忠光が淡々と告げた。

本来、御用取次にすぎない意次が口をきくことは許されぬ場だった。意次は大名ですらないが、家重は先回りで皆に口止めまでしていた。

意次は気負わずに顔を上げた。

「郡上藩領にほど近い幕領を支配しておるといえば、美濃郡代の青木次郎九郎《あおきじろうくろう》にございます。幕領ゆえに、郡代の上役は勘定奉行ということになりますが、駕籠訴が一昨々年でございますゆえ、当時の勘定奉行は曲淵英元《まがりぶちひでちか》に一色政沆《いっしきまさひろ》、あとは大井《おおい》満英《みつひで》と大橋《おおはし》近江守にございます」

意次は指を折りつつ言った。

「そのうち郡上藩主の金森頼錦殿が親しゅうしておられるのは曲淵英元。あとは寺社奉行の本多忠央《ただなか》様でございます。曲淵はすでに大目付に、本多様は西之丸若年寄に就いておられます」

武元はぽかんと口を開いて忠寄と顔を見合わせた。

「意次、そなた、よくそのようなことまで頭に入っておるなあ。しかし郡上藩主の付き合いまで知っておるとは如何したことじゃ」

そのとき意次は初めて笑みを浮かべた。

「金森家は城下の藩邸に大層豪勢な物見台を拵えております。見物に来ぬかと、それがしなども幾度か誘いを受けたことがございます。そのたびに、曲淵と本多様がおいでと聞いておりましたもので」

「いやはや」

武元が己の額に手をあて、目をしばたたいて意次を見つめた。

「ならば、もう少し聞かせよ。そなたはこのからくり、どう考える」

意次は驚いて武元を見返した。

だが武元が家重を振り向くと、家重も促すようにうなずいた。

「老中自らがそのように言うておる。かまわぬ、申せ」

忠光が伝えた家重の言葉に、意次は手をついた。そしてすぐ顔を上げた。

「もしも百姓どもが、検見取を命じられたのが上様だと考えておりますならば、彼の地には美濃郡代から達があったものと存じます。そしてそれが郡代一人の企んだことでなければ、指図したのは上役の勘定奉行ということになりましょう。勘定奉行は四人と定まっておりますゆえ、先の四人の誰かが噛んでいると思われます」

淀みない話しぶりに武元たちはあっけにとられていた。ただ家重だけは鋭い目で意次を窺っていた。

「勘定方では、先代吉宗公が御改革をなさるために、家格や禄高によらず、算勘その他に長けた者を登用してまいりました。四人の勘定奉行のうち一色と大井は、奉行とはいえ知行はわずか二百石余りでございます。それにひきかえ曲淵と大橋は旧来の二千石。曲淵が物見台で遊ぶのに、一色や大井に声を掛けたとは考え難うございます」

「ううむ。そなた、いちいち尤もではないか」

武元は息を呑み、呆けたように意次を見返している。

やがて家重が重々しくうなずいた。気配で皆がそちらに向き直った。

「この一件、再吟味じゃな。それには意次は欠かせぬ。皆も異論はなかろう」

武元が真っ先に大きくうなずき、忠寄も正珍もすぐ同じようにした。

「意次には五千石を足高として加増する。ゆえにこの一件、再吟味のあいだは意次は大名である」

当の意次が小首をかしげた。

足高とは格別の御役を務めるあいだ、禄高がそれに足りるようにその分を補う制だ。家禄として子孫にまで相続を許すのではなく、その者一代に限って加増する。幕府には老中や若年寄、寺社奉行など、大名でなければ就けぬ御役があるからだ。

評定間の老中たちは皆それを思い、家重の次の言葉を待った。なぜ今とつぜん意次は大名にされたのか。

「郡上の一件、再吟味については意次を老中格とする」

「老中格……」

皆の聞き慣れぬ言葉だった。

家重が続けた。

「老中格とは先例もあることだ。それに倣えば、将軍が独断で任じ、多くは親政を行うために置く」

家重は能弁で、忠光の通詞が追いつかなかった。幾度か家重は忠光が伝える間を空けて、伝え終わると次を続けた。

忠光もあずかり知らぬ、明らかに家重が突如言い出したことだった。

「古くは三代家光公の御世に松平信綱《のぶつな》が宿老並となり、明くる年から老中奉書に名を連ねた例がある。つまり奉書を書いた前年は老中格だったということだ」

「おお、名高い智恵伊豆殿にございますな」

武元が大きく膝を打って身を乗り出した。

島原の乱で幕府軍総大将を務め、由比正雪《ゆいしょうせつ》の謀叛、明暦の大火と、幕府草創期の数々の艱難《かんなん》を乗り越えた老中首座だ。

「老中格と申しても、将軍それぞれに用い方は異なる。五代綱吉公の柳沢吉保《やなぎさわよしやす》などもそうじゃ。側用人にすぎぬというに評定に顔を出し、老中たちにまで指図しておったというではないか」

綱吉の御世といえば生類憐れみの令が出たのがまだほんの七十年前のことで、老中を務める者たちにとっては決して忘れられぬことだった。

「老中とは幕府第一の要職である。大権現様をお助けした譜代中の譜代の中から、将軍家の信認も、その智恵も並びない者のみが務めてまいった。それゆえ将軍は老中を無視しては何もせぬ」

家重はきっぱりと、まずはなにより老中を重んじると言った。

「その将軍が、勝手に老中格などを置くと申したのだ。意次は郡上騒動を裁断させるためだけに、今しばらく老中とする。意次の務めぶり如何で、私が後々誇りを受けるか否かが明らかになろう」

感極まったのか、武元が大きくすすり上げた。

「――――」

「郡上の一件、決着がつくまで意次を老中格としてよいな」

皆がいっせいに頭を下げた。

その年の暮れ、万里は猪牙舟を頼んで隅田川から小名木川まで出掛けていた。別段、用があるわけでもなく、ただぼんやりと江戸の町を川から眺めてみることにしたのだ。

秋からこちら、家重は幕閣を主導して郡上騒動の再吟味に全力を注いできた。万里は郡上についてはは駕籠訴のあった三年前から探ってきたが、意次は短いあいだに的確に真実に近づいていった。

そんななか万里がついに堪えられずに家重と忠光に会ってしまったのはつい先達てのことである。最初で最後、一度だけ家重と忠光とじかに口がききたかった。

そのとき万里は一つだけ郡上の再吟味の助けになることを言った。訴状を投じた百姓たちが吟味方に隠し続けている書付があると告げたのだ。

そもそも郡上騒動は三年前、百姓たちが検見取を嫌って江戸藩邸に越訴《おつそ》したことで万里たち御庭番の知るところとなった。彼の地では年貢増徴が繰り返され、一揆にまで至っていたが、藩は百姓たちを分断させ、あの手この手で切り崩しを図っていた。ゆえに苛政はずるずると駕籠訴の後も続いていた。

本来ならば四年前、百姓たちが藩家老から検見取をやめるという書付を得たときに騒ぎは収まるはずだった。だが藩主頼錦が誰より熱心に口を出し、どうにかしてその書付を取り返そうとあらゆる手を打った。

強迫、夜討ち、拷問はいつしか郡上ではありふれたことになり、百姓たちは書付の隠し場所を次々に変えてどうにか奪われずに持ってきた。書付さえ見せればきちんと吟味にかけるという藩の猫撫声には、失くしたと言って幾年もしらばくれてきた。

万里がそのことを伝えると、家重はすぐ意次にそれを捜すように命じた。

すると意次は将軍直披だと言い聞かせてついに百姓たちを信用させた。

――老中が上様の御名を出しておる。それが偽りなどであれば、そのような世には、そなたらも生きてゆく甲斐はないではないか。

私も腹を切るゆえ、そのほうらも、もう田を耕すことなど諦めて逃散するがよかろう――。

訴え出た百姓たちにそう伝えるために、意次は自ら吟味方の牢まで出向いて行った。名門譜代に生まれついた老中ではとても真似の出来ぬことだった。

そうして百姓たちが出してきたのは、郡上藩の国許家老直筆の、定免取を許すという証文だった。

郡上がはじめから検見取だったというのも嘘、検見取を命じたのが将軍家だというのも嘘、仕置きや拷問を幕府が許したというのも、何もかも嘘だった。真実は百姓たちの三十三ヶ条の訴えのほうに近かった。

ただ、この一件では百姓たちにも法度に反する狼藉が多かった。藩が密告や奸計《かんけい》のたぐいに褒美をばらまいたせいもあったが、百姓たちは互いに争い、陣屋や庄屋などを次々に襲い、百姓とは名ばかりの野盗まがいの稼ぎをする者までがいた。

万里は幾度か郡上を探りに行ったが、いつも黒雲が垂れ込めているような重苦しさを感じたものだ。行き交う百姓たちはみな下を向き、互いに目を合わさずにうつむいて歩いていた。

だが百姓たちから証文を手に入れた意次は、ついにそれを落着させた。

目安箱に訴状が投じられて半年ばかり後、老中の本多正珍が罷免された。縁戚の郡上藩に便宜を図り、四年前の一揆からの不手際を問われたゆえだった。

そしてこの年の瀬に郡上藩主の頼錦も改易となった。

逆に意次は正式に大名の列に加えられ、永預けになった若年寄、本多忠央の代わりに遠州相良を賜った。

これでもう万里なりに、家重と忠光には案じることもなくなった。己がすべきこともなく、吉宗に授かった隠密の御役を止めるのに何の差し障りもなかった。

あとは静かに、こうして舟に乗って江戸見物でもしつつ日々を過ごせれば、己ほど満ち足りた一生を送る者も少なかろうと考えているのは真実だ。

「往生際の悪いことだな」

万里はそっとつぶやいて舟でもぞもぞと身体を動かした。冷たい水面に手を差し入れ、頭を冷やそうとした。

いったい己はなぜこれらのことを知っているのか。身分も弁えずに家重に拝謁したあの日を最後に、万里は御庭番の御役を退くと決めたはずではなかったか。

なにか苛々して水を撥ねた。六十五にもなって、己がこれほど引き際を決めることもできぬとは情けない。

昔から万里はただひたすら家重の将軍襲職を願い続けてきた。今やそれは叶い、家重がこのまま出色の将軍として歩んでいくのは疑いもない。

郡上の一件も、家重はもしかすると吉宗よりも巧く解決したのかもしれない。それをこの目で見届けたともいえるのに、己はまだ何をしようとしているのか。もうついに郡上一揆の再吟味も終わったではないか。

だというのに己はまだ潔く去ることができない。誰に何を伝えるわけでもない、二度と家重に拝謁も願わない、だから勝手隠密をしようと今も己に許そうとしている。

くすりと噴き出しかけて口を噤んだ。勝手隠密とはまた、都合のいい呼び名をひねり出したものだ。

——儂を手伝うというならば、そなたにはこの名をやろう。

まだ若かった日の吉宗の顔が浮かぶ。だがあれから五十年余が過ぎたのだ。

家重に拝謁を賜って三月だ。あのあと万里は、郡上騒動の終わりだけは見ようと己に甘いことを言い、だがついにそれも終わる。

万里はもう一度、御城の天守を見上げた。船頭に手を払って合図をし、陸へ上がることにした。

二

御庭に初霜の降りた朝六つ半、家重は床を出て口を漱《すす》ぎ、縁側へ出た。

いつも影のように寄り添う忠光は昨日の夜四つに務めを終え、下城していた。その出仕を待って一言二言交わしてから髪を上げるのが、このところの家重の暮らしになっていた。

やがて忠光が現れ、いつものように話を始めた。だがその直後、忠光がとつぜん昏倒した。

家重が大声を上げて抱きかかえ、すぐに御側も駆けつけたが、忠光は家重に寄りかかったままだった。ようやく息を吹き返したのは、御側たちが忠光を家重から離そうとしたときだった。

忠光は驚いて飛び退り、顔にも血の気が戻っていた。当人があまりに己の粗相を詫び続けるので小姓たちが逆に急いでその場を離れ、座敷にはいつも通りの朝が戻った。

だがそれから家重と忠光は、よく二人で話し込むようになった。

そのまま年の暮れも迫り、久々に他の幕閣らと前後して下城することになった忠光は、何やら意次に声をかけていた。昨年、郡上騒動の裁許で老中格に任じられた意次はそのまま評定間に出ることを許され、その日も忠光や幕閣たちとともに評定に加わっていた。

そうして夕刻、忠光はわずかな供だけを連れて、ひっそりと意次の呉服橋御門内の屋敷へやって来た。

意次は大仰な出迎えもせず、人目を憚るように忠光を座敷へ招じ入れた。

座敷はすでに丁度よい具合に温もっていた。火鉢に鉄瓶がかけてあり、意次が自ら茶を注いだ。すでに人払いがしてあって、話が漏れる気遣いはいらぬようだった。

しばらく黙っていた忠光は、やがて意次を見据えて口を開いた。

「私などが申すことではないが、郡上騒動の一件では真によくやってくれた。そなたの働きで、老中格などと思い切ったことをなされた上様の御名まで高まった」

「忝い御言葉にございます。何もかも上様に御指図いただいたことをしただけでございます」

忠光は思い詰めた様子でうなずいた。

「そなたに頼みがある」

「何なりとお申しつけくださいませ。それがしは以前、忠光様にはそれがしを頼りにしてくださるように申し上げました」

「ああ。それゆえ、その言葉に縋って出向いてまいった」

そう言うと忠光はにっこりと笑みを浮かべた。

意次もそれに応えて微笑んだ。

「そなたの名を貸してほしい」

「承知いたしました」

意次が即座に頭を下げ、忠光のほうが驚いて見返した。

だが意次は何を尋ねるでもなく、まっすぐに頭を上げていた。

「どのように使うか、尋ねぬのか」

「はい。それがしの名などがどこまで御役に立つかは分かりませぬが、どうぞ存分にお使いくださいませ」

「名を貸すなどと請け合って、田沼家に瑕がつくかもしれぬぞ」

意次は心底愉快そうな笑みを浮かべた。

「もとより大した家ではございませぬ。第一、忠光様は決してそのようなことはなさいませんでしょう。それに、何をなさるか見当がついておりますゆえ」

さすがに忠光はぼんやりと見返していた。

「畏れながら、忠光様は近いうちに御退隠なさるおつもりなのではございませんか。とは申せ、上様の五十賀を終えられて後。それがうまくいくことを願うておられますが、お身体のことばかりは己では計りかねるゆえに、今日お訪ねになられたかと存じます」

家重は明年、五十歳になる。三月後に在府の諸侯総登城で算賀の祝いが行われることはすでに決まっている。

「忠光様は自らの御退隠の前に、釘を刺しておかれるおつもりなのではございませんか。たとえば、上様は御血の巡りが悪いなどと申した輩に」

「見事だなあ、意次」

忠光はつくづく感心して、素に戻ったようにそう洩らした。

「忠光様から仰せ出されなければ、こちらから、お使いくださるようにお願い申し上げるつもりでおりました」

「なんと。それは真か」

意次は笑ってうなずいた。

「それがしは十六で上様の小姓に任じていただきました。それからずっと上様の御言葉をどうにかして聞き取れぬかと努めてまいりましたが、できませんでした。ならばそのお心だけは解そうと、ひたすら上様と忠光様の御姿を眺めてまいりました。ゆえに上様と忠光様のお人柄は他の誰よりよく存じております」

そう言って意次はわずかに姿勢を正した。

「これからは、それがしが忠光様に信頼していただけるように励みます。忠光様が御退隠なさった後、それがしは忠光様の心で上様にお仕えいたします。それゆえどうぞ、万分の一なりと、お心安らかに御退隠くださいませ」

意次は深々と頭を下げた。

「それを聞いて安堵した。もう私はそなたを信じている。それゆえ今日もやって来た」

「真に忝うございます」

「そなたなら、誰からも足を掬われぬな」

「…………」

意次は面を伏せたままだ。

「そなたは私に尋ねたことがある。私が出世を願うのは、老中にまでも昇って、誰からも足を掬われぬようにするためではないかと」

「忠光様は、老中に昇ることなど考えておらぬと仰せになりました」

「そうではない。昇りたいが昇れぬと申したつもりだがな」

ようやく意次が頭を上げた。どちらも穏やかに微笑んでいた。

「郡上騒動のとき、そなたは老中格であった。今は御用取次に戻ったとはいえ、評定出仕を許されている。御老中様方であろうと、もはやそなたを追い出すことはできぬ」

なにより郡上一件の裁許が見事だった。あの後すぐそのまま老中に直らなかったのは、老中職は将軍家の名門譜代のみという不文律があるからだ。

だがだからこそ家重はゆくゆく意次を不動の老中とするために、無理にねじ込むような真似をしなかった。今のまま評定で実績を重ねるように仕向けているのだ。

「それがしを見出してくださいました上様への御恩ばかりは、片時も忘れたことがございませぬ」

家重がどれほど先々まで考えて意次を用いているか、そのことを誰より分かっているのはきっと意次自身だろう。

「それがし、大奥にだけは恨みを買わぬよう、ともかくあちら様には念を入れて振る舞っております」

「そうか。それはさすがだな」

かつて吉宗でさえ気を遣っていたように、大奥に睨まれては表での政など何もできない。大奥はその気になれば老中の首くらいすげ替えることができるが、幕閣でもそのことに気づいている者は少ない。

意次はまっすぐに忠光を見つめた。

「大奥のほかにそれがしを追い落とされるとすれば、やはり御老中様方かと存じます」

今、老中は最大の六人である。首座の堀田正亮《ほったまさすけ》に武元、忠寄、それに西尾忠尚《にしおただなお》と秋元凉朝《あきもとすけとも》だ。

あと一人は正珍のかわりに新しく任じられた松平輝高《てるたか》である。

「意次ならば、どなたとも巧く付き合っておるだろうな」

「はい、そのつもりでございます。最も当てにならぬのが武元様にございます」

「おお、それは何より」

二人とも声を上げて笑った。

武元はなにごとにつけ作為のない天然自然で、悪意だの謀だのとは縁がない。ただ、天然のあまりに口止めやいっときの方便といった工夫が一切できず、それがときに忠光や意次をひやりとさせてきた。

「ならば私がどなたにどのように意次の名を出しても大丈夫だな」

「はい。それが武元様でなければ」

忠光は満足そうに微笑んだ。

「意次、忝い。そなたが味方でいてくれれば我らにはこれほど心強いこともない」

はっと意次は顔を上げた。我らとは、家重と忠光だ。

意次の目から涙が落ちた。

「それがし、今日は十六からの日々が報われた思いでございます」

そう言って意次はいつまでも頭を下げていた。


「なんと、年の初めから夢にも思わぬ来客を迎えるものじゃ。今年は当家もいよいよ運が向いてきたかの」

宝暦十年（一七六〇）正月、松の内はとうに過ぎていたが、忠寄は軽妙にそう言った。屋敷にふいに忠光がやって来たからだった。

忠光が付届の一つもせず、時候などの挨拶も全て欠かすことは、今や幕閣で知らぬ者はいなかった。

付届は幕府がわざわざ上役には粗略にするなと触書まで出したことがある。にもかかわらず忠光はまだ大名になる前からいっさい物のやりとりをせぬことを貫いてきたので、今では歳首などの使いの行き来も、大岡家ばかりは素通りだった。

それゆえ忠光は訪問のために衣服をあらためているだけで、べつだん供に何か物を持たせてもいなかった。

それでも忠寄は上機嫌で忠光を招じ入れた。

忠寄は自ら立って障子を閉めながら、そっと廊下の両端を見渡した。一方の角に小姓が控えているのを見ると、手のひらを払ってすぐ去らせた。

「なにか格別の用向きかの」

「左様にございます」

忠寄はまだ上座には着いていなかった。忠光はその空の上座へ、忠寄には背を向けたままで応えていた。

「ふむ。何用か」

忠寄もいつもの顔つきに戻って上座に腰を下ろした。

「それがし、近いうちに退隠することにいたしました」

しばらく忠寄はじっと忠光の顔を見ていた。忠光はまだ五十二歳で、忠寄よりも五つ若かった。

「そうか。それで上様は如何なさるのじゃ」

「忠寄様。上様の御事が、それがしの退隠と何か関わりがございましょうか」

忠光には珍しく、決然とした口振りだった。背を伸ばし、挑むように鋭い目を忠寄に向けていた。

「いや、ないな」

思わずという具合に忠寄は首を振り、口を噤んだ。

「莫迦の小姓あがりに何ができると、忠寄様はそれがしに仰せになったことがございます。莫迦とは、それがしのことか、上様のことか。どちらのことを仰せになったのでございますか」

「忠光……」

「また、鸚鵡《おうむ》になぞらえて上様のことを悪し様に仰せになったこともございます。そのようなつもりはなかったと仰せになるのなら構いませぬ。ですが、それがしはそのように受け取りました」

城下で舶来の鸚鵡が評判を取っていたとき、人の言葉を巧みに真似るその鳥に、忠寄は家重の呂律が回らぬ姿を重ねた。人が鳥の言葉を話しているなどと言い捨てて立ち去ったのだ。

「それがしの思い違いでございましょうか。ならばそれがし、随分幾度も思い違いをしてまいったことでございます。ですがそれがしももはや老いました。お優しい上様のことでございます、耄碌《もうろく》の言葉と、笑って耳を傾けてくださいますでしょう」

あのとき侮辱に顔色を変えた忠光を、老いたのだと忠寄はあざ笑った。

「それがしはこれまで、あなた様の心ない言葉をお伝えしては上様が悲しまれると思い、黙ってまいりました。ですが上様は、もはやそのようなことで苦しまれる小さな御方ではございませぬ。ようようそれがしもそのことが分かりましたゆえ、退隠の折に全てお話しするのもまた一興」

「それがしと忠寄様と、上様はどちらを信用なさいますでしょうな」

忠光はちらりとも笑みは浮かべず、さらに言った。

「あなた様はご存じあられぬが、前の老中首座、松平乗邑様は先代吉宗公が御退隠あそばす折に罷免なさいました。上様に御言葉が過ぎたからでございます」

その頃、まだ忠寄は無役の譜代大名の一人だっただろうか。乗邑は吉宗の片腕となって享保の改革を推し進めたが、家重を侮り続け、ついにはその廃嫡さえも画策した。

そのため吉宗は次の家重の御世のために乗邑を江戸城から遠ざけた。

「実のところ上様は、先からあなた様が侮っていることはよく分かっておられます。ご存じかな、江戸城には吉宗公の置いて行かれた隠密が潜んでおります。その者が、今日は忠寄様がこのように仰せであったと、事細かに知らせてまいりますゆえ」

その者に会ったことはあるかと忠光は問うた。忠寄がぶるりと首を振ると、忠光はようやく口許に笑みを浮かべた。

はてさて。ほんの先日も番士の一人として、素知らぬ顔で畳廊下に控えておりましたがな

青ざめる忠寄をからかうようにつぶやいて忠光は続けた。

「忠寄様。罷免されぬよう心がけなさることでございます。乗邑様はかの吉宗公が生涯片腕と

なさるほど秀でた御方でございました。政を私なされたことも、己の出世のために謀をされたことも一度としてございませんでした。それでもただ一点、上様への御言葉のためにあのようなことになりました」

忠寄はただ茫然と忠光を見返している。

「ならばなにゆえ、あなた様はこれまで罷免されなかったのかとお思いでございましょう。大したことではございませぬ、隠密から聞いたなどとは誰も信じぬ、さては大岡忠光めが告げ口をしおったと、それがしに矛先が向くからでございます」

「…………」

「となれば、それがしが退隠してしまえば、忝くも上様にはもはや何の気遣いも要りませぬ。二度と容赦はなさいますまい」

忠寄はぶるりと身震いをした。

「退隠するのは、それがしのみ。この先も隠密は、直に上様に注進に参ることでございましょう。それに何より、それがしは意次に後を託しましてございます」

「意次？　御用取次のか」

忠光はまた薄く笑ってうなずいた。他にどんな意次がいるものか。

「意次は老中格を務める前から、上様がたぐいまれな御聡明にあそばすことも、誰より将軍に相応しいことも見抜いておりました。それがしが去った後、代わりを務めると申してくれました。上様もきっと、頼りになさることと存じます」

「なんと、意次がそのようなことを」

そのとき忠光ははじめて忠寄から目を逸らし、少し遠くを見つめるような顔になった。

「意次ならば懸命に務めてくれましょう。おいおい明らかになるでしょうが、あの者は本心、上様を敬っております。そのことは家治様もよくご承知でございます」

「家治様が……」

次の将軍の名に、忠寄はついに愕然と宙を見上げた。

意次のことは家治も必ず取り立てる。それがどういうことか、忠寄には分かるだろう。

「忠寄様」

「ああ」

忠寄は己が上座にいることも忘れて、無心でうなずいていた。

「あなた様は誤解なさっておいでなのでございます。上様ほど将軍に相応しい御方はおられませぬ。御智恵も御心延《こころば》えも、あの御方に並ぶ者はありませぬ。これからは、そう思って上様をごらんあそばすことでございます」

忠光は手をついて最後に言った。

「あなた様のその、余人では代わりのきかぬ御力を、どうぞ上様にお貸しくださいませ。これまであなた様が仰せになった数々、それがしは上様には申し上げずに退隠いたします。それゆえ上様の御為に、存分にお働きくださいませ」

そう言うと忠光は頭を上げた。

忠寄が口もきけずにいるあいだに忠光は帰って行った。

三

宝暦十一年（一七六一）六月、忠光の死から一年が経ち、家重がみまかった。嫡男家治の将軍宣下から十月ほど後のことだった。

一年がかりで一通りの葬儀が終わった翌年の夏、万里は一通の文を受け取った。五千石の旗本、大久保往忠《おおくぼゆきただ》からのもので、すぐには名を思い出せぬほど遠い昔に付き合いのあった相手だった。

往忠は駕籠を差し向けてくれていたから、万里は遠慮なく乗らせてもらうことにした。

今年、万里は六十九になり、歩くには杖の欠かせぬ身になっていた。一昨年の寒い時分、忠光の死を耳にして領国の岩槻まで墓参に出掛け、その帰りに転んだのが因だった。

あのとき万里はもう御役を止めよと忠光に苦笑された気がして、ついに勝手隠密も終いにすることにした。

この足になっても歩くにはそれほど難儀しないが、駕籠の中から町を見るのはさっぱりと真新しい心持ちだった。飛脚になろうと夢見つつ青菜を売り歩いていた幼い頃、吉宗に万里の名をもらって城下から天守まで、江戸を出て美濃、京大坂と駆け回った日々と、次から次へと瞼に浮かぶのは妙なものだった。ひょっとして今日あたり己は死ぬのではないかと、本気半分で考えて昔日に浸るのはやめた。

神田だろうか、やがて大きな冠木門《かぶきもん》の中へ万里の駕籠は入って行った。

座敷へ通されるとすぐ人の良さそうな老人が現れた。

顔を見た途端、互いに、ああと笑みがこぼれた。足繁く行き来していた子供時分のあれこれが甦ってきた。

「お久しゅうございます。思いもかけぬお招き、まことに忝う存じます。すっかり形が変わりましたが、青名半四郎でございます」

むろん御徒頭の半四郎としての付き合いである。今や致仕して侍すらもやめてしまった万里だが、かつての往忠の姿が重なって見える気がした。

往忠も目を細めていた。たしか万里の六つ下だったから六十過ぎではないだろうか。

「よく来てくれた。思い切って招いてよかった。そのうちにと思うておるあいだに、すっかり歳月だけが流れてしまった。最後に会ったのは、もう二十年もっとになるかな」

「道々、数えてまいりました。二十三年にございます」

「そうか、そなたも数えたか」

懐かしくてたまらず、互いに声を上げて笑った。

往忠は万里と同じく元は紀州藩士だった。いや、万里は振り売りから密かに御庭番に取り立てられたので元などとは言えぬのだが、ともに吉宗について紀州藩出入りから幕臣となった身だった。

往忠は兄の忠寛《ただひろ》とともに江戸の紀州藩邸で吉宗に仕えていた。

忠寛が万里と同年だったから兄弟そろって近しくしていたのだが、あの頃は往忠もまだ少禄だった。あるとき幼い往忠が風邪をこじらせて、万里が得意の足で薬を買いに走り、評判の蘭方医まで連れて来た。そんなことから一気に親しくなったのだ。

だが万里が十六のときか、往忠の姉のお須磨《すま》がとつぜん吉宗の側室に上げられた。当時、吉宗は紀州藩主に就いたばかりの二十代半ばで、そうして生まれたのが吉宗の嫡男長福丸、のちの九代家重だった。

お須磨への吉宗の寵愛は続き、家重の生まれた明くる年にもふたたび懐妊した。だがその出産のときにお須磨は死に、吉宗の手にはようやく三つになったばかりの長福丸だけが残された。

万里も往忠も、幼い家重をあやしながら涙を拭っている吉宗の姿を幾度も見たことがある。

「真に懐かしいものじゃ。姉上のおかげで儂は将軍の御側衆にまで任じられたが、今から思うても我が身に起こったこととは信じられぬ」

「それがしなど、振り売りの子でございました。そもそも紀州の部屋住みでいらした吉宗公が、よもや将軍にお就きあそばすとは」

そう言ってまた二人で笑った。

「実はな、半四郎。今年は姉上の、いやいや姉などと言うてはならぬのだな。まあその、深徳《しんとく》院《いん》様の五十年遠忌でな」

「なんと、左様でございましたか。深徳院様がおかくれあそばしてもう五十年でございますか」

淑やかで抜けるように色の白かったお須磨の姿が瞼に浮かんだ。

吉宗は野趣好みで華やかな美女には目もくれぬと言われていたが、お須磨はつい見入ってしまうほど美しかった。ただ清楚で凛とした美貌は、派手で目立ったかといえばそうではなかった。

お須磨は儚げで物静かで、しゃしゃり出るところが一切なかった。そしてその容姿そのままの性質で、か細い身体は二度の難産には耐えられなかった。

「身分の分け隔てをなさらぬ、お心優しい御方でございました。それがしは畏れ多くも、お須磨の方様のお見守りあそばしている目の前で長福丸様を抱かせていただいたことがございます」

吉宗がおくるみごと渡してくれたのだが、お須磨の方は止めもせず微笑んでいた。

そのときのことを思い出して、気がつけば涙がこぼれていた。あわてて頬を拭ったが、往忠はそっと笑みを浮かべた。

「五十年遠忌の此度、上様が朝廷に姉上の追贈を願い出てくだされてな」

「家治様が」

「そうなのだ。浄円院様ともども従二位をくださる由」

「浄円院様……。これはまた、懐かしい御名をお聞きいたします」

吉宗の生母のことだ。万里は浄円院が江戸へ移って来るとき、紀州から供をした。

「左様でございましたか。それゆえ、それがしをお招きくださったのでございますな」

「ああ。儂も遠い昔のことなど、語り合いとうなってな」

もう往事を知る者もほとんどいない。今日のようなことがなければ、万里も改めて思い出すことなどなかっただろう。

「まことに、いつの間にこれほど年月が経ったのでございましょう」

万里は一つひとつ、あの頃のことを思い浮かべた。

往忠の兄の忠寛は吉宗が八代に就いた明くる年か、まだ二十歳過ぎの若さでみまかっている。兄弟ともに吉宗の小姓に任じられていたが、元来がどちらも人の後ろのほうを歩きたがる控えめな質だった。

それが吉宗の将軍襲職で思いがけない江戸城勤めとなり、紀州藩士には元からの幕臣とさまざまな軋轢もあった。

ただの藩邸暮らしの身とはきっとあらゆることが大きく変わったのだろう。しかも往忠たちは、すでに亡い側室の縁者という脆い足場に立たされていた。

「それがしなどは町人の生まれでございます。あの時分はずいぶん生き難いことも多うございました」

「そうじゃの。儂も兄上が亡うなった後は、来る日も来る日も御役を辞そうと考えておったものじゃ。だが浄円院様に御目をかけていただいてな」

浄円院は吉宗が将軍に就いて二度目の春に江戸へやって来た。万里が二十半ば、往忠が十九のときだ。

「あの御方がおられねば、儂はとても家重様の御側は務まらなかったと、今でも手を合わせておる」

そう言って往忠はその場で手を合わせた。

往忠たち兄弟は江戸城へ入って間もなく、家重の小姓に任じられた。

その後すぐ忠寛はみまかったが、当時の家重は七歳で、いつまでたっても御側の誰一人、その言葉が解せなかった。

吉宗も幕閣も皆、頭をかかえていたが、お須磨の弟にあたる往忠など、さしずめ最も幕閣から期待されていた一人だったろう。往忠にとっては甥ではないか、そのうち言葉を聞き取れるようになるに違いない、と。

ただでも横合いから乗り込んできた紀州藩士を小癪に思う幕臣が多かったところへ、往忠は姉の寵愛にぶら下がって立身した下級武士だった。しかも頼みの姉はすでに亡く、残された嫡男はいずれ廃嫡されると決まったも同然の、口のきけぬ幼子一人である。

血がつながっているゆえに小姓などに任じられておるが、いっこうに言葉も分からぬとはどういうことだ――

「あの時分は儂も、毎日が針の筵《むしろ》でな。なにより長福丸様が不憫であった。見ておれば聡い童であることは疑いもない。だが儂がどうにも御言葉を解せぬゆえに、長福丸様をお苦しめした」

往忠たちが己の咎とする必要などなかったのだ。だがこの兄弟は根から慎ましい人柄だった。

「半四郎は、儂がいつ家重様の御側衆を辞したか覚えておるか」

「はあ。はて……」

たしか家治が生まれて数年経った時分ではなかったか。吉宗は五十半ばで、あと十年働けるかどうかと、刻々と迫る終わりを見据えて眠る間も惜しんで励んでいた。

「家治様が三歳におなりあそばしたときだった。儂は四十でな、家重様が節目の三十をお迎えになられる前の年だった」

ああと万里はうなずいた。

家重が九代に就いたのは三十五になったときだった。それまではいっこうに立場が定まらず、年々廃嫡の声のほうが高くなっていた。

「家治様はたしかもう抽んでて御聡明との噂が高うございました。それにつれ、家重様を貶める者も減っておりました」

「そうだな。ちょうど忠光殿が御用取次見習に任じられたときでもあった。儂は忠光殿がどれほど薄氷を踏む思いで務めておられるか、間近で見ていた」

と、往忠は眉根をつまむようにした。涙を堪えたのかもしれなかった。

「では往忠様も、もしや兄君様のように、ご心痛のあまりにお身体を悪くなさいましたか」

「いや、儂はそれほどのことでもなかった。だがあるとき耳にしたのだ。家重様の御側は軽輩者ばかりじゃと」

万里は思わず眉をひそめた。とっさに瞼に浮かぶ顔が幾つもあった。あの時分、家重のことはそんなふうにけちをつける者も多かった。

「儂が忠光殿の足を引っ張ってはえらいことじゃと、ぞっとした。忠光殿だけは、家重様のために守らねばならぬと思うておった。多分、あの時分の御側は皆、大なり小なり同じように考えておったのではないか」

「ということは、忠光様にはお味方もおられたのですか」

「ああ、わずか一握りであったがな」

往忠は笑い声を上げたが、すぐ神妙な顔に戻った。

「そうでもせねば、家重様も忠光殿も、決して自ら言い出される御方ではなかろう」

「では、往忠様は」

きっと往忠は忠光のために身を引いたのだ。軽輩者が多いと指をさされるならば、一人でも減ればそのぶん忠光は楽になる。

万里はしみじみ胸が温かくなった。あの二人のすぐそばに、己の身を捨てるほど親身になる者がいたのである。

「そういえば、それがしはいつから往忠様と疎遠になりましたろう。さてはそれがしが走り回っておりましたゆえ、いつの間にやら行き来が絶えましたものか」

不思議に思い出すことができなかった。

その時分は享保の世だったろうか。吉宗は改革に懸命で、万里も家重のことなど考える暇もないほど、始終、京大坂のほうへ出ていた。御城にいた日のほうが少なかったのではないか。

「半四郎には、儂は詫びねばならぬ」

急に往忠は改まって姿勢を正した。

「御側衆を辞したとき、儂は四十だったと申したであろう。実はまだまだ働きとうてな。さりとて御側衆は務まらぬ、それゆえ吉宗公に願い出た」

それがしもまだ他の道ならば御役に立つと存じます。どうか半四郎のような御徒に任じてくださいませ――

「儂は思うておったのだ。御側衆ゆえ務まらぬだけだ、御徒頭などであれば、儂も働けるのではないかとな」

だが吉宗はあっさり首を振った。

半四郎は余が格別の役目に任じておる。あれは半四郎の他に務まる者はおらぬ――

往忠は愕然とした。己は御側衆どころか、御徒頭でさえ務まらぬのか、と。

「半四郎が、なにゆえ我らが疎遠になったか思い出せぬのは道理じゃ。儂がそなたを避けるようになったゆえであった」

「…………」

「もう今更じゃ、このまま蒸し返さぬつもりでおった。わざわざ詫びてどうなるものでもない。

儂が大切な友を己で失うただけじゃ、人と人の仲など、大概はそのようなものであろう」

往忠は幼いとき共に育ってきたことも、命を救われたことも忘れることにした。

「半四郎が何やら忙しそうにしていると聞くたび、儂は耳を塞ぐようにしてきた」

だが追贈の話が降って湧き、どうしても昔を思い出すことになった。するとお須磨が、きちんと詫びておけとしきりに語りかけてくるようになった。

浄円院までがその傍らでうなずくのだという。

「すまぬな、半四郎。実は儂は、胃の腑に痼《しこ》りがあってな。もうそれほど生きられぬと覚悟しておる。となれば、あの世で姉にどやされとうはないであろう」

往忠は清々しい笑みを浮かべて言った。

多分、万里も往忠もそれぞれに老いたのだ。もう万里の御役は終わり、とうに誰に憚るものでもない。

万里はわずかに声を落とした。

「往忠様。それがしは吉宗公の隠密を務めておりました」

ぼんやりと往忠が薄く唇を開いた。

「吉宗公が往忠様にはできぬと仰せになったのは、それがしが隠密だったゆえでございます。なにも御徒頭などが務まらぬと仰せになったわけではございませぬ」

隠密は半日駆けても息が切れず、目も眩むような高い石垣を平気で這い上る。足音を立てずに天井裏を歩き、床下に潜んで座敷の話を聞き分けることができる。

「若い時分のそれがしは、二間を隔てて話し声を聞くことができました。真似るだけならば、獣の声も虫の音も自在でございます。ですがそれでも、家重様の御言葉は聞き取ることができませんでした」

もしも家重の言葉のことで吉宗を落胆させたとすれば、最たる罪人は万里のほうだ。

吉宗も家重でさえも、言葉が聞き取れぬことで往忠に失望などしなかっただろう。吉宗が肩を落としたとすれば、これほど家重と忠光を思いやる者がその傍らからいなくなってしまうことのほうだったはずだ。

「それがしは浄円院様が江戸へおいであそばすとき、紀州までお迎えにあがりました。吉宗公は、それがしが隠密だと見抜くとすれば浄円院様だけだと仰せになったそうですが、その通り、それがしの素性をお気づきあそばしたのは浄円院様だけでございました」

浄円院がみまかる五日ばかり前か、万里はその枕辺に忍んで行った。そんな軽業紛いが往忠にできたわけがない。

あのとき浄円院は万里に、家重を将軍に就けるのに力を貸せと言った。だが万里など、結局何もできることはなかった。

万里はいつも、ただ眺めていることしかできなかった。励ますことも宥めてやることもできず、そんな己をどれほど不甲斐なく思ってきたか。

「家治様がお生まれあそばす二年前、老中の酒井忠音様が卒中でお倒れになったことを覚えておられますか」

「そうであったな。儂も此度、その時分のことをよく思い出していた」

やはりそうかと、万里はしみじみ得心した。

あの日、酒井家から急な病で忠音が登城を差し控えると申し出があり、西之丸の家重の下にも、どうやら卒中らしいとの知らせは朝のうちに届いていた。

「家重公は即座に見舞いに出向こうとなされました。ですが、またぞろ忠光殿が差し出口をきいたと噂されるのは目に見えている。お二方とも、ずいぶん長々と押し黙っておられましたな」

ぴくりと往忠が顔を上げた。

万里は笑ってうなずいた。

「お察しの通りにございます。あの折、それがしも実はお近くにおりました。どうでございます、そのようなことは往忠様には決しておできになりますまい」

悪戯っぽく言うと往忠も笑みを弾けさせた。

あのとき、うつむいて迷い続けている二人の前へ進み出たのは往忠だった。

――家重様に、たっての御願いがございます。どうぞ酒井忠音様のお見舞いにお出ましくださいませ。

その一言で家重は立ち上がった。急いで支度にかかり、往忠は番士たちに先回りで酒井邸までの道筋を警固させた。

いかに江戸城大手御門のすぐ向かい、大名小路の一角とはいえ、将軍の嫡男が城の外へ出るのは大変なことだった。家重というのはそんなときだけ身分に縛られる不便な暮らしを強いられていた。

「往忠様の御言葉で、家重公は忠音様をお訪ねになることができました。最後に家重公にお会いになることができ、きっと忠音様もどれほど喜んでおられましたことか」

「そうか。そなたもあのことは知っておったのだな」

「はい。往忠様にしかできぬことでございました」

家重が西之丸を出た後、万里は吉宗公のもとへ行った。

吉宗はたった半日で髪が白くなったかと目を疑うほど力を落としていた。

そしてただ一言、でかした往忠と言った。

「上様が儂に、でかしたと……」

そのとき万里も思い出した。

万里はあの後、この吉宗の言葉をなんとかして往忠に伝えたかった。だが御徒頭などが吉宗の言葉をじかに聞くことができるはずはなく、どうしても伝えることができなかった。その申し訳なさに、万里も往忠から足が遠ざかったのだ。

「そうか。ならば儂にも一世一代の働きはあったか」

往忠はそっと涙を拭った。

「半四郎、まこと忝い」

「いいえ。それがしこそ、ようやくお伝えすることができました」

馬のように早く駆けてきたつもりの万里が、数十年をかけてようやく伝えることのできた言葉だった。

往忠が玄関まで見送ってくれたが、互いに名残は尽きなかった。もうきっと二度と会えぬだろうというのは、この歳になれば誰もが思うことかもしれない。

万里は履き物に足を入れ、杖に手を伸ばした。

「そうか、杖が要るか。その身体ではもう御城には忍び込めぬな」

万里も微笑んでうなずいた。

「それがしは往忠様と違うて、いつまでも御役に恋々としておりました。結局、区切りをつけられたのは忠光様がみまかられた後でございました」

それも己で決めたとは言えない。歩くのがやっとという身になって仕方なく諦めただけだ。

「そうか。ならば忠光殿がおられぬ後の御城のことは何も知らぬのか」

「はい。忠光様がどうにか決心を付けさせてくださったのでございます。どうもそれがしは、だらだらと知りたがる癖が付いてしまいましたようで」

少し残念そうに往忠は己の首の辺りをさすっていた。

「ならば半四郎も事実かどうかは知らぬのだな」

万里は黙って往忠の言葉を待った。

「いやな、酒井忠寄様のことだ。半四郎はきっと、儂などよりよく御人となりを知っておるであろう」

「あちら様は全くご存じありませんが」

そう言うとまた二人で笑い合った。

「深徳院様たちの追贈の一件は田沼意次様がわざわざ当家まで知らせに来てくださったのだ。その折、やはり忠音様のもとへお出まし願ったことを褒めてくだされてな」

「ああ、では意次様のお心にも残っておりましたか」

あの時分、意次は家重の小姓に取り立てられて西之丸へ通い始めていた。だから往忠たちの一挙一動は誰よりそばで見ていたに違いない。

往忠は少し照れたように頰を染めた。

「忠光殿は御役を退かれてすぐお倒れになったであろう。やはり城下から知らせが来たそうだが、忠寄様があのときの儂と同じだったと仰せになられてな」

忠光が倒れたことを家重に伝えたのは意次だったという。

家重はぼんやりと聞き終わり、分かったという合図に小さくうなずいた。誰より雄弁にものを語るその目は家重の悲しみを伝えて余りあったが、そのまま全く動こうとしなかった。

そのとき傍らで見ていた忠寄が家重の前に進み出た。

――どうぞ、お行きあそばしてくださいませ。忠光殿は今、どれほど家重様にお会いになりたいと願うておられますことか。

家重は驚いて目を見開いた。

だが淡い笑みを浮かべて小さく首を振った。

忠寄は戸惑うしかなかった。首を振られてしまえば、あとは家重が何を考えているのか見当もつかない。

そのとき意次がそっと口を開いた。

――大御所様は、すでに忠光様とは別れが済んでおられるのではございませんか。

ぱっと家重が顔を輝かせた。そして大きくうなずき、忠寄に優しく微笑みかけた。

――それゆえ、案ずるなと。忠寄様の深い御心遣いに、礼を申すと仰せでございますか。

「家重公は殊の外、満足なさったそうじゃ。意次様もな、あのときばかりは御言葉を解することができたようだと喜んでお話しくだされた」

「それは、真にございましょうか」

「ああ。意次様はそう仰せであった」

だが家重や忠光に誰より辛く当たってきたのは忠寄だ。忠寄の家重たちに向ける眼差しがどれほどよそよそしく悪意に満ちていたかを、万里は誰よりよく知っている。

「忠光様も、御自身が退隠なさった後、一番案じておられたのは忠寄様の御振る舞いだったと存じますが」

おずおずとそう言った万里に、往忠は苦笑しつつ顔の前で手のひらを振った。

「半四郎は何か思い違いをしておるのではないか。家重公がおかくれあそばしたとき、誰より嘆き悲しんでおられたのは忠寄様だったというぞ。いや、これは様々な筋から聞いたゆえ確かなことに違いないのだが」

将軍にも近侍した往忠には、今も幕閣とさまざまな付き合いがある。

「あの忠寄様が、家重公のためにお泣きあそばしたのですか」

「左様。あまりのお悲しみに、思わずもらい泣きをしたなどと申す者もおったゆえ」

と、往忠が驚いた顔で万里を見返した。

「ほれ、そなたのように」

往忠は万里の顔に指をさしていた。

そのときようやく気づいたが、万里は涙が吹きこぼれていた。

「ああ、これはお恥ずかしい。いや、家重公のお人柄が、最後の最後には忠寄様にも伝わったのかと驚きまして」

万里はもういっそ声を放って泣きたかった。忠光が死の間際、意次も巻き込んで成し遂げたことは実を結んでいたのだ。

「往忠様。それがしはずっと知りとうてならなかったことを、今日、お教えいただきました」

「はて。儂が何か、半四郎の役に立つことを申したかな」

「はい。御礼の申し上げようもございませぬ」

万里は涙を拭うと頭を下げた。

「往忠様。本日はまことにありがとうございました。今日の日の縁は、多くの方が結んでくださったのだと存じます」

吉宗に浄円院にお須磨に、家重に忠光たちだ。思えば万里は、あの世のほうに懐かしく会いたい人が多い。

「半四郎。互いに息災でな」

万里を気遣ってくれたのだろう、往忠は団子の包みを土産に持たせてくれた。童の喜びそうな濃紺の風車がそっと風呂敷包みの上に挿してあった。


歩いているうちに日は少しずつ橙に変わっていった。少し膝に痛みがあったが、風車が回るのを見ると力が出た。

万里は二年前まで市ヶ谷牛込の組屋敷に住んでいたが、忠光の墓参の帰りに膝を痛めてから思い切って家移りした。それゆえ新しい住まいは浅草箕輪、北に田圃の広がる寺社町である。

緩い坂を上りながら、夕餉は何だろうなとふと思い浮かべて愉快になった。今日は己の御役の、まさに仕上げが成った日だ。どうしても湧いてくる笑みをひたすら隠しながら、疲れた足を引きずって歩いた。

坂を上ると東本願寺の一角である。門跡前を通って門前町とは逆のほうへ曲がると、今度は広小路に沿って伝法院が見える。

この辺りは名高い寺ばかりだから日暮れまで人通りが絶えず、幼子を遊ばせておくにも何かと人目があって心強い。

広小路を過ぎて大川橋の手前を左に折れると、急に辺りは町地になった。

辻で五つ六つの子らが遊んでいた。順番でけんけんをしているが、この道は荷車が勢いよくやって来ることもない。

万里が杖をついて近づいて行くと、子らが目敏くこちらを向いた。

なかの一人がぱっと立ち上がって走って来た。

「じいちゃん、どこ行ってたんだ」

「古い友人のところへな。ほら」

団子の包みをかざしてみせると、わっと手を伸ばして万里の顔を窺った。

「ああ、皆で分けなさい。取り合って喉なんぞ詰めるんじゃないぞ」

「はあい」

元気よく返事をした少年は、太吉《たきち》と言って六つになる。下り船の水主をしていた父親が上背のある男だったそうで、同年の子らより頭一つ大きく、界隈をうまく仕切っている。

万里が辻の隅を通って行くと、じいちゃん、ありがとうと口々に元気よく声をかけてくる。

この子らの声が聞こえるかぎり、万里はもう生涯ここから家移りするつもりはない。

この通りのどんつきに万里はささやかな仕舞屋《しもたや》を借りていた。己がこんな十分豊かな暮らしをしているのは吉宗のおかげだが、この辺りでその名を出せば、半四郎じいさんもついに耄碌したと笑われるのが落ちだろう。

枝折戸を押して形ばかりの門を潜り、飛び石を除けて十歩ばかり歩くと玄関だ。するとふわりと、厨で火を使う温かな香りが漂ってくる。

三和土《たたき》に杖を立てかけていると、厨でこちらに気づいた気配がした。

「ああ、お帰りなさい」

おこうが前掛けで手を拭きながら三和土まで出て来てくれた。七十も近い万里には、娘と呼ぶにも勿体ない四十前という若さである。

「ずいぶん遠くまで行かれたんですか。駕籠をお使いになればよかったのに」

おこうは気遣わしげに手を伸ばし、上がり口で万里を支えた。

「今そこで太吉に会ったよ。先様でいただいた団子をやったら、皆で喜んで包みを開いていた」

「まあまあ、いけませんですよ。どこも夕餉の前なのに」

おこうは気立てがいい。すぐににっこり笑って、皆さぞ喜んだでしょうと言った。あの歳の時分、万里はいつも腹を空かせていたが、おこうもそうだったに違いない。

万里が座敷に座るのを見届けて、おこうは白湯を取りに厨へ立った。

「今日は御武家様のところへ行っておられたんですか」

鉄瓶を提げて戻りながら、おこうが尋ねた。

「ああ。侍をしていたときの、はるかな上役の御方でな。めでたいことがあったというので、おこうにも反物をくださったぞ。ほら、開けてごらん」

そう言って風呂敷包みをおこうの膝先へ置いてやった。

わっと跳ねて手を伸ばすと思ったが、ぼんやりと万里の顔を見つめている。

「どうしたんだね」

「あの。さぞお偉い方なんでしょう。それなのに私のことなんて話して良かったんですか」

「何を言ってるんだ。太吉のことも話したさ。でなければ風車なんぞ、くださるものか」

風呂敷からは止まった風車が紺色の羽根を覗かせている。

「でも……」

「大久保様とは長い付き合いだ。界隈ではすっかり息子の女房だと信じられていることも話したよ」

おこうはまだ申し訳なさそうにしている。

「そんな顔をすることはない。そのうち勘助《かんすけ》さんが見つかるかもしれんじゃないか。そうなれば勘助さんには、本当に私の息子になってもらうつもりをしているんだからね」

「ほんとに……、ありがとうございます」

おこうは涙を誤魔化すように鉄瓶から湯を注いだ。

もとは二年前、晩秋の長雨の合間を縫って忠光の墓参に行った帰りにおこうとは知り合った。忠光の墓は領国の岩槻にあり、江戸へ帰り着いたときにはさすがに万里も足がくたびれていた。

このくらい、昔なら息が乱れることもなく走って行き帰りができた。己もずいぶん歳を取ったものだとぼんやり宙を見上げて情けなくなっていたら、道の窪みに足首が落ちてひどい捻挫になった。折れなかったぶん膝にまで痛みが走り、どうにか足を引き摺ってそばの茶屋に座り込んだ。

そのとき親切に介抱してくれたのがこのおこうで、駕籠を呼び、組屋敷まで付き添って来てくれた。むろん茶屋の主人に万里が十分に小粒をはずんだせいもある。

帰りにおこうにも礼をやろうとしたが、頑として受け取らない。仕方がないので茶屋の主人に渡すように言って持たせたところ、明くる日もおこうはやって来た。気をよくした主人が、店はいいから治るまで世話を焼けと言ったのだという。

だがおこうがいてくれて本当に助かった。一晩経つと足の付け根まで腫れが来て、万里は身動きもままならなくなった。食べることまで気が回らず、もしもおこうがいなければそのまま床から出られなかったかもしれない。

そうして一月、二月と世話をしてくれているうち、おこうは身の上を語るようになった。

亭主は勘助といって上方から江戸へ酒を運ぶ樽廻船の水主をしていた。当時四つだった太吉は五人兄弟の末の子だが、上は全部、育ち上がらずに死んでしまったという。

それでも勘助というのは骨身を惜しまず働く質で、力も強く、船でも重宝されていた。ただ外海を行く水主だけに豪快で気性も荒く、ぱっと金子が入るとぱっと使う、女房には苦労をさせる男だったらしい。

樽廻船は速さを競うから、少々の波は突っ切って進む。早く着けば実入りも増えるが、なにより行く先々で一番だったと囃されるのが痛快なのだ。

だがそのぶん危うい目にも遭うのだろう。嵐で船が出せぬときは足止めを食らった憂さで派手な喧嘩も起こるし、前の晩の酒が残ったまま晴れ間に急いで船を出して、揺れる帆柱で足を滑らすこともある。

太吉がもうじき三つになるという秋の終わり、勘助は沖を進む船から落ちて行方知れずになった。

今日あたり江戸湊へ入ると聞いて出迎えに行ったおこうは、無事に着いた船を見てほっとしたのも束の間、一人だけ下りて来ない亭主の様子を聞いて腰を抜かした。

——だが勘助は泳ぎが達者だったろう。陸は冷たい風が吹いてるったって海の水のほうが温いぐらいのもんだ。運良く他の船に拾われてるかもしれねえぜ。

仲間の水主たちもそう言ってくれたので、おこうは待つことにした。

だが二年も経てば、おこう自身ももう勘助が戻ると信じているやら、いないやら、己のしていることが分からなくなってきた。

おこうにとっては、万里と出会ったのはそんなときだった。

——ご亭主を待つための働き口だというなら、私を助《す》けてくれんかな。

思い切ってそう言った万里に、おこうはこっくりとうなずいた。

何も新しい父親になろうというのではない。太吉は初めてできた祖父にあっさり懐いてくれたし、茶屋の主もほくほく顔でおこうを手放してくれた。

そうして万里は足が治ると組屋敷を出、浅草に仕舞屋を見つけた。太吉は手習い所に通わせてやることもできるようになったし、辺りには寺の子も町人の子も、百姓も武士もいる。妙な詮索もされず、大川伝いで湊に入った船の噂も流れて来るから、穏やかに待ちながら暮らすことができた。

しみじみ満ち足りたことだと目を閉じていると、太吉の駆け戻って来る足音がした。それを潮に、おこうも立ち上がった。

「じゃあ、夕餉にしましょうか」

引き戸が開いて、ただいまと甲高い声が聞こえる。いつもなら迎えに出てやるところだが、さすがに疲れていたから万里はそのまま横になっていた。

この家を借りる前、万里は勘助の行方を探ってみた。そうそう一人だけ海に落ちることなどあるものでもない。すると思った通り、西宮で船に乗らなかったことが聞き出せた。

――なら、いつか西宮へ行ったときは、おこうに父親が見つかったと言ってやってくれ。小金を貯めた爺で、勘助を待っていると。

連れて戻ってくれたら、あんたにも悪いようにはしないと言ってやったから、そのうち本当に戻ってくるかもしれない。

「じいちゃん、夕餉だよ」

「ああ、今行く」

そう応えたが、万里が起きるより先に太吉が傍らへ来た。

「じいちゃん、早くおいでよ」

太吉が支えて起こそうとした。

万里は安心して目を閉じた。

――なあ、太吉。待つのも忘れるほど待っておれば、良いことが聞けるときが来るものだ。

「へんなじいちゃんだな」

太吉の明るい笑い声がどこか遠くから聞こえた。

本書は「小説幻冬」vol.85からvol.89にて連載したものです。

装画　ヤマモトマサアキ
装丁　フィールドワーク
（田中和枝）

村木嵐（むらき らん）

一九六七年、京都市生まれ。京都大学法学部卒業。会社勤務を経て、九五年より司馬遼太郎家の家事手伝いとなり、後に司馬夫人である福田みどり氏の個人秘書を務める。二〇一〇年、『マルガリータ』で第十七回松本清張賞受賞。『まいまいつぶろ』で第十三回本屋が選ぶ時代小説大賞、第十二回日本歴史時代作家協会賞作品賞を受賞。近著に『せきれいの詩』『にべ屋往来記』『阿茶』などがある。

まいまいつぶろ　御庭番耳目抄

２０２４年５月20日　第１刷発行
２０２４年５月31日　第２刷発行

著者――村木　嵐
発行人――見城　徹
編集人――森下康樹
編集者――壷井　円
発行所――株式会社　幻冬舎
〒１５１-００５１　東京都渋谷区千駄ヶ谷４-９-７
電話　０３（５４１１）６２１１（編集）
　　　０３（５４１１）６２２２（営業）
公式ＨＰ　https://www.gentosha.co.jp/
印刷・製本所――中央精版印刷株式会社

検印廃止

ISBN978-4-344-04277-3　C0093

この本に関するご意見・ご感想は、
下記アンケートフォームからお寄せください。
https://www.gentosha.co.jp/e/